KB218477

스시로 별을 품다

스시로 별을 품다

초판 1쇄 2025년 3월 17일

지은이 문경환

발행인 주은선
책임편집 주은선
편　집 문대명
펴낸곳 봄빛서원
주　소 서울시 강남구 강남대로 364, 1210호
전　화 (02)556-6767
팩　스 (02)6455-6768
이메일 jes@bomvit.com
홈페이지 www.bomvit.com
페이스북 www.facebook.com/bomvitbooks
인스타그램 www.instagram.com/bomvitbooks
등　록 제2016-000192호

ISBN 979-11-89325-14-5　03810

한국인 최초 도쿄 미쉐린 스시 셰프의 꿈과 도전

스시로 별을 품다

문경환 지음

봄빛서원

차

례

1

꿈은 목표다

2

기본을 지킨다

3

일에 최선을 다하다

4

사람을 진심으로 대하다

5
맛있는 인생

저의 작품 『미스터 초밥왕』을 읽고 영감을 받아 실제로 스시를 만드는 길을 걷게 된 한 청년을 만났습니다. 그 청년은 한국에서 온 젊은 스시 장인이었습니다.

그는 오랫동안 독자들의 큰 사랑을 받아온 『미스터 초밥왕』의 팬이라고 했습니다. 그 말을 듣고, 그가 어떤 청년일지 궁금해서 만나보고 싶었습니다.

그를 처음 만난 곳은 일본 아카사카의 '잇신'이라는 가게였습니다. 가게에서 그는 '쇼타^{彗太}'라는 이름으로 불렸지만, 사실은 만화 『미스터 초밥왕』 속 주인공의 이름인 '쇼타^{将太}'로 불리고 싶다고 했습니다(만화의 원제가 '쇼타의 초밥^{将太の寿司}'임 — 옮긴이).

쇼타 군은 매우 밝은 성격에 일본어도 정말 능숙했습니다.

작명하는 과정에서 한자가 달라졌지만 자신은 계속 미스터 초밥왕의 마음으로 스시를 만드는 일에 임하고 있다고 했습니다.

무척 영광스러웠습니다. 만화 속 미스터 초밥왕을 동경하며 한국에서 일본으로 건너와 스시 수행을 한다는 쇼타 군의 이야기에 깊은 감동을 받았습니다.

쇼타 군이 만드는 스시는 기본에 충실하고 기교를 부리지 않는, 정말 아름답고 맛있는 음식입니다. 저는 단번에 쇼타 군의 스시 팬이 되었습니다. 그 후로 여러 번 쇼타 군이 일하는 '잇신'을 찾았습니다. 몇 년이 지나 아자부주반에 자신의 가게 '스시야 쇼타'를 열었을 때도 제가 첫 손님으로 찾아갔습니다. 그 이후로 계속 쇼타 군의 가게에서 맛있는 초밥을 먹는 것이 저의 사치스러운 습관이 되었습니다.

앞으로 한국을 비롯해 전 세계에 가게를 열어 가겠다는 그의 원대한 꿈을 들었습니다. 저의 만화가 한 한국 청년의 미래를 밝혀주고 스시의 세계를 더욱 넓히는 계기가 되었다는 사실이 정말 기쁩니다.

쇼타 군, 앞으로도 계속 응원하겠습니다.

『미스터 초밥왕』 저자 테라사와 다이스케

꿈은 현재 진행형이다

처음 출판 제안을 받았을 때 거절했다. 내가 뭐라고 글을 쓸까. 전업으로 글을 쓰는 작가 외에는 위대한 업적을 남긴 사람, 성공해서 인정받는 사람, 유명한 사람이어야 책을 낼 수 있다고 생각했다. 나는 그 기준에 맞는 사람이 아니다. 주제 파악을 할 줄 아는 사람이다.

출판 제안을 거절한 뒤 생각했다. 성공의 기준은 무엇일까? 꿈꾸던 바를 이룬 것도 성공이라 말할 수 있지 않을까? 그렇다면 나는 성공한 사람이다. 꿈꾸던 목표에 다다랐으니 말이다.

스시 한 점 먹어 본 적 없는 시골 중학생이 스시 왕이 되고 싶어 앞만 보고 달려왔다. 스시의 본고장 일본에서 한국인 최초로 스시로 미쉐린 별을 달았다.

나에 대해서 궁금한 사람이 있을지도 모른다는 생각이 들었다. 힘든 순간을 어떻게 견뎠는지 알고 싶은 독자가 있을 것이다. 흥미, 필요, 아니면 어떤 점에서라도 듣고 싶어 할 독자가 있으리라는 용기를 얻어 집필할 수 있었다.

　나는 평범하지 않은 삶을 살았다. 목표를 향해 뛰어온 과정이 순
탄치만은 않았다. 누가 정한 잣대에 견주어 살았다면 지금 이 자리
에 있을 수 없었을 것이다. 스스로 포기하고 싶은 순간은 셀 수도
없이 많다.

　힘들 때마다 국화꽃이 위로가 되었다. 봄날에 경쟁하듯 피는 봄꽃
보다 서리를 맞으며 뒤늦게 피는 국화꽃을 보며 나의 길을 걸었다.

　나는 현재 진행형인 삶을 살며 인생 제2막의 꿈을 위해 나아가
고 있다. 글을 쓰는 동안 나를 돌아보고 다음 목표를 찾기 위해 힘
찬 기합을 넣었다.

　꿈을 향해 달려가는 이들과 나의 이야기를 나누고 싶다. 지금 같
은 고민을 하는 분들에게 이 책이 조금이나마 도움이 되었으면 좋
겠다. 여러분의 앞날을 축복한다.

　　　　　　　　　　　　　　　　　　　　　　　　　　문경환

1

꿈은 목표다

하루살이 미쉐린 셰프

나는 하루살이 인생을 산다. 새벽 5시부터 밤 10시까지 일한다. 일본에서 한국인 최초로 스시에서의 미쉐린 스타 셰프가 되었다고 달라진 것은 없다. 여전히 나의 하루는 여유롭고 우아한 일상과는 거리가 멀다.

새벽 5시에 토요스 시장으로 출근한다. 도쿄에 있는 세계 최대 수산물 시장이다. 일을 보고 가게로 가서 생선과 식재료를 손질한다. 점심 영업을 마치면 잠시 휴식 시간을 갖고 저녁 영업을 위한 준비에 들어간다. 오후 5시 30분과 저녁 8시에 두 차례 저녁 영업을 한다. 밤 10시에 영업이 끝나면 뒷정리를 한다. 그러다 보면 밤 11시가 넘어서야 집으로 나서게 된다.

깜깜한 밤에 퇴근했다가 새벽에 시장으로 출근하는 기분이 묘하다. 집에서 잠을 자긴 했지만 새날이 온 듯 만 듯 그날이 그날

같다. 그나마 확연한 차이 하나로 날이 바뀐 것을 실감한다.

바로 여명이다. 해가 살짝 솟아오른 모습을 보면 마음이 편안하다. 알 수 없는 힘이 생긴다. 해 질 녘 노을을 볼 때와는 다르다. 남들이 자는 시간에 떠오르는 아침 해를 본다. 해를 보며 일을 시작하는 특권을 누린다.

한국 뉴스에서 시내버스 첫차 운행시간이 15분 빨라졌다고 좋아하는 어르신의 인터뷰를 본 적이 있다. 건물 청소 일을 하는 분이었는데 15분이면 화장실 청소 하나를 끝낼 수 있는 시간이라고 했다. 진정한 프로정신과 주어진 환경에 감사하며 살아가는 모습이 멋져 보였다.

해돋이 광경을 보고 새벽 공기를 마시며 자전거 페달을 밟는다. 잠이 반쯤 깬다. 하루살이의 하루가 시작되는 기분이다.

오늘 우리 가게 스시야 쇼타를 방문할 단골손님의 얼굴과 성격, 좋아하는 생선 요리의 취향이 머릿속을 스쳐지나간다. 전날 반드시 예약 손님을 확인하고 당일 아침에 시장을 간다. 처음 오는 손님이 있으면 기분 좋은 긴장감이 들면서 그날 최고의 생선을 대접하고 싶어진다.

토요스 시장에 도착하면 생기를 얻는다. 시장 안의 시원한 공기에 잠이 깨고 활기가 돈다.

토요스 시장이 생기기 전에는 츠키지 시장을 갔다. 츠키지 시장은 에도 시대인 1618년경부터 400여 년간 운영되었던 전통 수

산물 전문 도매 시장이다. 토요스 시장은 츠키지 시장의 현대화를 위해 개장한 시장으로, 도쿄도에서 막대한 예산을 들여 현대식 건물로 지었다고 한다.

새로 지은 토요스 시장은 사계절 날씨와 기온에 관계 없이 시장 전체의 온도를 관리하는 현대식 설비 시스템을 갖춘 세계 최대 규모의 수산물 시장이다. 현재 츠키지 시장은 장외 시장만 남아 관광객들이 즐길 수 있는 명소로 바뀌었다.

시장에서 생선을 보면 내 안의 모든 감각이 살아난다. 생동감이 밀려온다. 어제와 다른 생선을 만날 수 있으니 시장은 매일 와도 새롭다.

명품을 수집하는 사람들은 구하기 힘든 제품을 손에 넣으면 기뻐한다. 나에게 생선의 가치는 명품 이상이다.

신선한 생선은 손님에게 맛있는 스시를 내는 데 가장 중요한 요소다.

시장에서 생선을 고르는 일은 하루의 첫 단추를 잘 꿰는 것처럼 가장 중요하다. 가끔 자연재해로 시장에서 생선을 구하기 힘들면 하루 종일 고민에 빠진다. 부족한 생선으로 최고의 스시를 만들어 내는 미션이 주어진다.

좋은 생선을 구하면 기분이 좋다. 좋은 생선을 내어 준 바다와 어부, 시장 상인에게 감사한 마음으로 하루를 시작한다.

미스터 초밥왕

　　나는 중학생 때까지 지극히 평범한 아이였다. 성격
이 밝지도 어둡지도 않았다. 단체 생활에서 폐를 끼치거나 튀지
않았다. 교실에 있는 듯 없는 듯 존재감이 별로 없었다. 여느 남
학생들처럼 밖에서 동네 형들과 운동하며 뛰어노는 걸 좋아했다.
공부에 흥미는 못 느꼈지만 독서는 즐겼다. 교실 제일 뒷자리에
앉아 만화책을 많이 읽었다.

　어릴 때 살던 동네에 '열린글방'이라는 도서대여점이 있었다. 가
정 형편이 어려워 책을 사지 못했던 나에게는 정말 고마운 곳이
었다. 수업이 끝나면 열린글방 테이블에 앉아 책을 읽었다. 무협
지와 판타지 만화책부터 자기계발서, 문학책까지 손에 잡히는 대
로 읽었다. 그곳에서 못다 읽으면 빌려서 집에 가 끝까지 푹 빠져
읽었다. 공감을 잘하는 성향이라 주인공의 감정에 곧잘 동화되었

다. 미지의 세계에 대한 동경이 컸다. 그래서 책을 덮어도 여운이 오래 남았다.

열린글방은 자그마한 서점이지만 현실에서 겪지 못하는 다양한 세계를 간접적으로 경험할 수 있어 나에게는 어디보다 넓은 공간이었다. 새로운 세상으로 인도하는 신비한 통로였다.

지금 생각하면 독서를 즐긴 덕분에 예측 불허의 상황이 눈앞에 닥쳤을 때 잠재된 공감 능력과 감정이 나도 모르게 힘을 발휘하는 것 같다. 그렇게 상황 판단 능력과 결단력이 쌓여서 나만의 색깔이 만들어졌다.

중학교 3학년 때 요리 만화 『미스터 초밥왕』을 빌려 읽었다. 스시 세계와의 첫 만남이었다. 만화의 주인공 쇼타는 마침 나와 비슷한 또래였다. 쇼타가 스시 셰프의 꿈을 이뤄 가는 과정이 흥미진진했다.

그 책을 읽고서 스시의 세계에 빠졌다. 살면서 본 적도 먹어 본 적도 전혀 없는 음식인 스시를 잘 만들고 싶었다. 무슨 맛인지도 모르는 음식을 맛있게 만들고 싶다니 황당한 욕심이었다.

하지만 그 욕심은 꿈이 없던 나에게 동기 부여를 불러일으켰다. 쇼타에게 묘한 라이벌 의식이 생기기도 했다. 혼자서 대회를 준비하기 위해 연습하고 일본 곳곳을 돌며 열정적으로 사는 모습이 부러웠다. 에너지를 한 곳에 쏟고 사는 모습이 멋있어 보였다. 쇼타처럼 살고 싶은 마음이 생겼다.

꿈을 꾸니 꿈같은 일이 생겼다. 『미스터 초밥왕』의 작가 테라사와 선생이 지금 내가 운영하는 스시야 쇼타의 단골손님이 된 것이다. 오랜 수행 기간을 거쳐 가게를 열었을 때 첫 번째 손님으로 초대했다. 몇 년 전 테라사와 선생의 회갑 모임에 가서 축가를 불렀다. 뜻깊은 시간이었다.

내가 테라사와 선생 덕분에 꿈을 꿨듯이 '흙수저 출신, 이번 생은 망했다'라는 생각으로 패배주의에 빠지지 않고 꿈꾸는 젊은 이가 많아지길 응원한다.

되고 안 되고는 해 봐야 안다. 시작도 해 보지 않고 안 된다고 결과를 정해 버리는 것만큼 안타깝고 원통한 일이 있을까.

태어난 환경은 바꿀 수 없지만 바로 지금 이 순간부터 자신의 삶을 어떻게 살지는 스스로 정할 수 있다.

꿈을 이룰 수 있는 사람은 꿈이 있는 사람이다. 다시 말해 꿈꾸는 사람뿐이다. 그렇다고 꿈이 거창한 말은 아니다. 하고 싶은 일, 되고 싶은 사람이 있다면 그것이 꿈이다.

최고가 되려면 최고를 만나자

"축구 판에서 만난 월드 클래스 선수 중에 인격이 나쁜 사람은 단 한 명도 없다."

네덜란드의 전설적인 축구 선수이자 감독 요한 크루이프가 한 말이다.

그의 말에 전적으로 동감한다. 전문성으로 최고를 찍은 사람이라면 인성과 사람을 대하는 태도 역시 월드 클래스다.

최고가 되려면 그 분야의 최고 고수를 만나야 한다. 이것은 막연하고 알 듯 모를 듯한 팁이 아니다. 꿈을 이룰 수 있는 현실적인 조언이다. 마음만 먹으면 실행이 가능하다.

지금 어떤 일을 잘하고 싶다면 그 분야의 고수를 찾아가 직접 만나길 추천한다. 용기가 필요한 일이다. 어렵게 큰맘 먹고 고수를 찾아갔는데 문전박대를 당하면 어쩌나 걱정될 수도 있다.

하지만 일단 시도는 꼭 해 보라고 권하고 싶다. 만남을 시도한 사람은 꿈의 반을 이룬 사람이다. 앞서 그 일을 하고 있는 사람의 이야기를 들으면 나의 현재 모습을 확인할 수 있다. 자신이 잘할 수 있을지 객관적으로 돌아보고 성찰하는 기회가 된다.

젊었을 때 큰 무대를 경험하고 싶었다. 도쿄에서 세계 최고로 스시를 잘 만드는 장인들에게 일을 배우고 싶었다. 우연한 만남이 일본 최대 스시 명가 중 하나인 카네사카 그룹 입사로 이어진 것도 최고를 만나겠다는 갈망이 있었기에 가능한 일이었다.

전문성으로 최고의 정점을 찍은 사람은 자기철학과 마인드가 뚜렷하고 확고하다. 압도적인 실력을 가졌다고 사람을 무시하지 않는다. 한 분야의 고수는 꿈을 품고 자신을 찾아온 사람을 함부로 대하지 않는다. 고수는 자기가 속한 업이 더 발전하기를 바란다. 앞으로 그 업에 잘하는 사람이 많아지기를 원한다. 그는 자신의 경험을 듣고 배우고 싶어서 찾아온 후배를 매몰차게 대하지 않는다. 오히려 하나라도 더 알려 주고 싶어한다.

최고가 된 사람의 이야기를 듣는 경험은 중요하다. 성공한 과정과 방법은 사람마다 다르지만 기본은 같다. 한 분야를 깊이 파고들어 최고의 자리에 오른 사람에게는 남다른 점이 있다. 자기 절제와 특유의 근성, 그리고 내공이다.

내가 처한 현실의 상황은 변변치 못했지만 선택의 갈림길에서 고수를 만나는 쪽을 택했다. 그 선택은 옳았다.

대학에 진학할지, 취업해서 경력부터 쌓을지 고민하던 시절이 있었다. 당장 돈을 버는 것보다 학생으로서 공부하는 게 유익하다고 판단했다. 이왕이면 좋은 조리전문학교에 입학하고 싶었다. 처음 시작할 때 잘 배우고 싶었다.

세상에는 급한 일이 있고 중요한 일이 있다. 공부는 당장 급한 일은 아닌 듯 보일지 몰라도 장기적으로는 중요한 일이다. 기본을 다지고 깊이가 있는 사람으로 준비되는 과정이기 때문이다.

막상 일을 시작하면 급한 것부터 하기 쉽다. 그래서 공부를 할 수 있을 때 하는 게 좋다. 공부는 시간과 노력이 들지만 성과가 정직한 편이다. 집중해서 꾸준히 하면 노력한 만큼 결과를 얻는다.

공부를 마친 후 국내 개인 업장 최초로 오마카세를 시작한 '스시 효'에서 일했다. 다음 코스로 일본행을 선택한 것도 최고의 고수에게 배우고 싶어서였다. 스시로 최고가 된 장인처럼 일을 잘하고 싶었다. 그 갈망이 나를 움직였다.

대나무 죽순은 5년 동안 땅 속에서 충분한 영양분을 모은다. 뿌리를 단단하게 내리고 싹을 틔울 준비를 한다. 때가 되어 죽순이 땅을 뚫고 나오면 빠르게 싹을 키워 나간다.

꿈을 이루기 위해 준비하는 시간은 귀하다. 다시 돌아오지 않는 소중한 시기다. 한 단계 도약하는 과정이기에 이상을 현실로 만드는 밑거름이 된다.

하고 싶으면 해 봐

부모님은 딸기 농사를 지었다. 딸기가 대표 특산물인 논산이 내 고향이다. 가족이 외식을 한 기억이 거의 없을 만큼 형편이 어려웠는데 부모님은 돈을 어디서 구했는지 3남매를 모두 대학 졸업까지 시켰다. 먹고살기도 빠듯한 농가에서 흔치 않은 일이었다.

자식이 하고 싶은 일을 하도록 물심양면 지원하면서도 큰돈을 들였으니 잘해야 한다는 압박이나 힘들게 구한 돈이니 값어치를 하라는 부담을 주지 않았다.

부모님이 먹고살기도 힘든데 어떻게 하고 싶은 일을 다 하고 사냐고 말했다면 아마 꿈을 포기했을 것이다. 아니 꿈 자체를 애초에 꾸지 못했을 것이다.

"하고 싶으면 해 봐!"

평범한 한마디 말에 담긴 가치가 나를 성장시켰고 지금의 나를 있게 했다. 어느 책에서 본 한 구절처럼 '해 보고 후회하자'와 맞닿은 말이다.

세상에서 하고 싶은 일을 해 보는 사람은 의외로 많지 않다. 현실적인 걱정과 염려, 결과에 대한 두려움으로 시작을 주저한다. 해 봐야 결과를 아는데 시작을 안 하니 결과를 모른다.

부모님은 뒤에 한마디를 꼭 덧붙였다.

"항상 정직하고 성실하게 살아야 혀."

30~40년 전 학교 교실 액자의 급훈에서 흔히 볼 수 있었던 정직과 성실이라는 말을 지금도 안부 통화를 할 때마다 듣는다. 이 두 가지는 시대가 변해도 인간 됨됨이를 지키는 가치다. 맡은 일에 최선을 다하고 남을 이롭게 하는 기본 덕목이다.

부모님은 안쓰럽고 걱정될 만큼 정직하고 성실하게 살았다. '정직과 성실'이라는 말 앞에 당당한 삶이라 반박할 수가 없다.

가장 큰 효도는 자신의 뜻을 펼치는 인생을 사는 것이다. 부모님의 반대로 하고 싶은 걸 하지 못했다면 평생 부모님을 원망하고 후회와 미련이 남았을 것이다.

정직과 성실의 울타리 안에서 꿈꾸는 사람들이 많아지길 바란다.

가난은 가오다

어렸을 때 우리 집에는 없는 게 많았다. 일단 돈이 없었다. 매월 급식비를 내는 날이면 학교에 가기가 싫었다. 어머니는 돈을 빌리러 이 집 저 집을 다녔다.

한창 감수성이 예민할 나이라 급식비를 기한 안에 내지 못하는 내 처지에 자존심이 상했다. 그 상황이 힘들었다.

그리고 자동차가 없었다. 차가 있어야 가족 여행을 편하게 갈 수 있는데 차가 없었다. 그래서인지 어린 시절에 특별히 가족 여행을 간 추억이 없다.

큰아버지는 인삼 농사를 지었다. 인삼 농사를 짓는 게 딸기 농사보다 형편이 나아서 큰집은 부유해 보였다. 가정 형편이 어려웠지만 부자에 대한 생각이 왜곡되지 않은 이유는 큰집 덕분이다.

큰어머니는 어머니에게 종종 옷을 사 주었다. 어머니는 옷을 사는 것을 사치라고 생각해서 가지고 있는 옷은 소중히 여겼다. 큰어머니는 어머니의 옷뿐만 아니라 설과 추석마다 누나와 나, 여동생에게 새 옷을 선물해 주었다. 1년에 두 번 받는 옷 선물은 고등학교를 졸업할 때까지 우리 3남매의 기쁨이었다. 온 친척이 모이는 날 기죽지 않게 우리에게 새 옷을 입혔다. 큰어머니에게 항상 감사하다.

새 옷 선물에 대한 기대감으로 설과 추석을 기다렸다. 명절 옷 선물을 감사하게 받았다. 부모님은 선물을 받는 일은 당연한 것이 아니라고 가르쳤다. 주는 사람의 성의에 감사해야 한다고 배웠다.

무슨 일이든 한두 번은 쉽지만 꾸준히 하기란 어렵다. 자신을 위한 일도 지속성을 유지하기 어려운데 타인을 위한 일은 더 어렵다. 진심이 담긴 사랑과 정성이 아니면 할 수 없다.

나도 누군가에게 베푸는 사람이 되고 싶었다. 어떤 일을 하든지 남에게 도움과 즐거움을 주는 사람이 되겠다고 다짐했다.

아버지는 무뚝뚝한 분이다. 지금도 안부 전화를 하면 1분이 채 되지 않아 통화가 종료된다. 1분 사이에 아버지는 가장이 할 수 있는 최선을 다한다.

"돈 떨어지면 걱정하지 말고 언제든지 말혀."

아버지도 곤란한 상황이라는 걸 알지만 "도와주세요" 한마디면 어떻게든 돈을 마련한다. 부모님은 자식들이 올바른 사회인으로 살도록 스스로 본을 보였다. 힘들고 지치면 언제든지 쉬어 갈 수 있는 든든한 울타리를 만들어 준 최고의 부모님이다.

우리 집은 눈에 보이는 건 없는 게 많았지만 따뜻한 가족애가 있었다. 정서적 안정감이 새로운 일에 도전할 때 큰 힘이 되었다. 가난한 형편이 불편할 때가 있었지만 불행하지 않았다. 그 안에 행복과 충만함이 있었다.

부모님의 사랑과 헌신은 3남매가 끈끈한 우애로 이어지는 바탕이 되었다. 성인이 되고 경제 활동을 시작한 뒤로는 너 나 할 것 없이 부모님이 최우선이다. 서로 먼저 챙긴다. 누가 손해 본다는 생각 없이 부모님을 섬긴다.

가난이 꿈을 이루는 데 긍정적인 조건은 아니지만 꼭 나쁜 것도 아니다. 꿈을 위해 모든 것을 걸 수 있게 해 준다. 잃을 게 없으니 두려움이 없다. 승부 근성과 강인한 정신력이 길러진다. 투지와 결기로 불타오르게 된다. 헝그리 정신으로 덤비고 견딜 수 있다.

에너지가 많았지만 어떻게 써야 할지 모르던 때에 꿈이 생겼다. 에너지가 레이저처럼 한 점으로 모이는 순간을 맞았다.

꿈을 정한 후에는 절박함으로 가득했다. '안 되면 할 수 없지' 식의 적당한 타협이 아니라 '어떻게 하면 잘할 수 있을까?'를 치열하게 고민했다.

횟집 아르바이트

바닷가조차 구경하기 힘든 외딴 시골 마을에서 자랐다. 나는 스시 분야의 최고가 되겠다는 꿈을 이루기 위해 무엇을 해야 할지 알 수 없었다. 아는 사람이 없어서 물어볼 곳이 없었고 정보를 구하기도 어려웠다. 손에 잡히는 대로 책을 읽었다.

하고 싶은 일이 생기거나 어찌 할 바를 모를 때 머릿속에 언뜻 언뜻 떠오르는 말들이 있다. '해 보고 후회하자, 그게 젊음이다', '지금 움직이지 않으면 꿈은 이루어지지 않는다', '행동하는 것도 습관이다' 등이다.

평소에는 별로 의식하지 않고 살다가 어떤 상황에 처하면 그런 말들이 불쑥 튀어나온다. 책을 읽을 때 마음에 와닿는 문장을 노트에 적는 습관 덕분이다. 새롭고 특별한 말은 없다. 어디선가 한 번쯤 들어본 표현에 이끌렸다.

중학생 때 꿈을 정한 후 고등학생이 되면 횟집에서 아르바이트를 해야겠다고 마음을 먹었다. 버스를 타고 시내까지 한 시간정도 나가서 가장 유명한 횟집을 찾았다. 횟집은 논산시 시내 고속버스터미널 근처에 있었다.

일주일 동안 횟집 앞을 매일 서성거렸다. 학생 신분에다 수줍어서 말이 선뜻 나오지 않았다. 행동이 과감한 편이 아니라 애만 태웠다. 말이라도 해 보자는 생각이 들었다. 안 되면 안 되는 거지, 설마 나를 때릴까 하는 마음으로 입을 열었다.

뜻밖에도 사장님은 흔쾌히 승낙했다. 횟집에서 일을 시작했다. 설거지를 하면서 회를 뜨는 모습을 지켜봤다. 가슴이 벅차고 쿵쾅거렸다. 희열을 느꼈다. 진짜 내 길이 맞는구나 하고 확신이 들었다. 학교 수업을 마치면 버스를 타고 횟집으로 출근했다. 시골길에서 출발한 버스가 시내와 가까워질수록 신이 났다.

사장님은 30대의 젊은 분이었는데 손이 정말 빨랐다. 다양한 반찬도 맛있고 무엇보다 메인인 회가 신선해 손님이 끊이질 않았다. 4인 테이블이 40개가 있었는데도 매일 만석일 정도로 손님이 붐볐다. 만석 상태에서 손님들 절반 정도가 식사를 마치고 나가면 20개 테이블의 손님을 더 받았다. 한 테이블에 반찬만 35개가 넘게 나갔다.

나는 일부 반찬을 그릇에 담고 설거지를 했다. 주문과 설거지가 쌓이는 만큼 체력은 바닥이 나고 정신력은 한계에 다다랐다.

횟집에서 아르바이트를 할 땐 무조건 버티자는 생각으로 임했다. 버티다 보니 일이 익숙해지고 요령이 생기기 시작했다. 그다음부터는 설거지 밀리지 않기가 관건이었다. 테트리스 게임처럼 다음 단계를 생각하며 설거지를 하고 음식을 담으니 일에 재미가 붙었다.

나만의 일머리를 찾으려고 했다. 아르바이트를 하는 내내 어떻게 하면 일을 깨끗하고 빠르게 할 수 있는지 생각했다. 고민한 뒤에 여러 가지 시도를 했다. 시행착오를 겪었지만 하다 보니 노하우가 쌓였다.

횟집에서 경험했던 설거지, 그릇에 음식 담아내기는 요리의 길에 입문하는 첫 번째 관문, 스시에 다가가는 첫걸음이었다.

스시에 청춘을 바치다

　『미스터 초밥왕』에 나오는 쇼타처럼 되려면 어떻게 해야 할지 생각했다. 최종 목표는 30대에는 꼭 도쿄에서 스시를 만드는 사람이 되는 것이다.

　가만히 앉아 있는 성격이 아닌 내가 책상 앞에 앉았다. 종이에 목표를 적었다. 책을 읽는 시간 외에 엉덩이를 의자에 붙이고 무언가를 쓰고 있는 상황이 낯설었다.

　시간의 역순으로 이루고 싶은 것을 썼다. 살면서 이렇게 집중한 순간이 있었나 싶을 정도로 마음을 모았다.

　쓰다 보니 신기했다. 글씨가 종이에 채워질수록 과분하고 원대해 보이는 꿈이 실체감 있게 느껴졌다. 이미 반은 이뤄진 듯했다.

　인생 계획을 세우고 나니 마음이 편했다. 지금 무엇을 해야 할지 명확하게 보였다. 막막하지 않아서 좋았다.

가장 먼저 할 일은 외식조리학과가 있는 전문학교 입학이었다. 경쟁률이 생각보다 높았다. 대전에 있는 우송정보대학의 외식조리학과 경쟁률은 20 대 1이 넘었다. 당시에 새로 생긴 학교라 학교 시설이 깨끗하고 좋았다.

어차피 공부하는 거 좋은 학교에 들어가고 싶었다. 그때부터 공부를 하기 시작했다. 그전까지는 공부를 알아서 한 기억이 거의 없는데 꿈이 생기니 열심히 하게 되었다. 내 모습이 스스로 놀랍고 기특했다.

입시를 위해 기숙사 반에 들어가서 합숙을 했다. 성적이 좋은 상급반으로 올라가려고 밤늦게까지 공부했다.

대학에 합격했다. 전공 실습비가 있어서 등록금이 다른 학과보다 비쌌다. 부모님은 돈 걱정은 말고 하고 싶은 대로 해 보라고 했다.

외식조리학과에 입학 후 1년 동안은 스시에 대한 교육 과정이 없었다. 학생일 때는 빨리 현장에 나가서 스시를 배우고 싶다는 생각뿐이었다. 학과에서 배우는 과목은 위생학, 영양학, 조리과학, 조리수학 등이었다. 과목 이름부터 따분하고 수업 내용이 재미가 없었다.

지금 와서 생각해 보면 전공 교육 과정을 더 열심히 익혀 둘 걸 하는 아쉬움이 남는다. 실전에서 기술은 배울 수 있어도 영양학적인 측면이나 원가 계산 등을 설명해 주는 선배는 만나기 어려웠다.

다행히 학교에서 요리의 기본인 위생학부터 체계적으로 잘 배웠다. 바로 일을 했으면 상황에 맞춰 대충 넘어갔을 텐데 그래도 배운 이론이 머릿속에 있으니 현장에서 효과가 있었다.

평생 업으로 요리사가 되고 싶다면 전문학교에 입학해서 공부하기를 추천한다. 처음에 기초를 탄탄히 다지는 게 좋다.

학교에서 배우는 대신 남보다 1~2년 더 먼저 경력을 쌓고 싶은 마음은 이해한다. 사회생활을 먼저 경험할 수는 있어도 나중에 보면 성장하는 속도가 더디다.

졸업 후에 서울 강남에 있는 스시 효 앞에서 새벽부터 이력서를 들고 사장님을 기다렸다. 나중에 보니 지원자들의 서류가 한 움큼 쌓여 있었다.

당시에는 월급을 못 받아도 좋으니 밥만 주면 된다는 지원자들이 많았다. 스시 일을 배우고 싶은 젊은이들, 스시에 청춘을 바치겠다는 사람들의 열정이 있었다.

나 역시 돈을 벌겠다는 마음보다 일을 배우고 싶다는 열망이 컸다. 스시에 인생을 걸겠다는 생각뿐이었다.

스시 효에서 일을 시작했다. 스시 효는 위계질서가 확실했다. 다들 군대를 다녀온 직원들이라 자연스럽게 선후배 간의 질서가 잡혔고 청결을 최우선으로 여겼다. 요리하는 테이블 위에는 물 한 방울도 용납할 수 없었다. 결벽증에 걸린 사람들처럼 지저분한 곳은 닦고 또 닦았다.

첫 직장은 중요하다. 처음에 길든 대로 태도와 습관이 형성된다. 지금도 여전히 스시 효에서 몸에 익힌 청결을 최우선 순위로 여기고 있다.

스시는 손님과의 거리가 아주 가까운 요리다. 손님은 요리사가 생선을 손질하고 스시를 만드는 모든 과정을 지켜본다. 청결을 소홀히 한다는 것은 손님과의 신뢰를 깨는 일이기 때문에 용납할 수 없다.

아침 일찍 출근해서 막차로 퇴근하는 일이 잦았다. 고된 하루하루였지만 퇴근 후 선배들과 부딪히는 술잔은 경쾌하고 즐거웠다. 스시에 대한 열정으로 가득한 선후배와 동료들을 만나서 행복했다. 입만 열면 스시 이야기를 할 정도였다. 스시 이야기는 하면 할수록 멈출 수가 없었다.

밤이 새도록 나누는 스시 이야기는 일상의 에너지였다. 선배들에게 궁금한 점을 질문했다. 밥을 짓고 스시를 쥐는 방법, 어떤 칼을 쓰고 어떻게 생선을 썰어야 하는지 등 꿈을 향해 가는 청년들의 가슴 두근거리는 수다였다.

틈만 나면 내 꿈은 도쿄에서 스시를 만드는 사람이 되는 것이라고 말했다.

20대에 '스시'라는 산에 들어왔다. 목표가 있었음에도 길이 없는 산을 오르는 것처럼 막막했다. 하루라도 빨리 정상에 오른 사람들과 어깨를 나란히 하고 싶었다. 그들은 거듭된 실패를 두려워 하지 않고 최고가 되려는 꿈을 포기하지 않았다.

파리에서 외국인 최초로 세계 디자인 대회에서 입상하여 회사를 차린 한국인 손님, 설거지부터 시작하여 비즈니즈에 성공한 손님의 공통점은 하나였다. 열정이다.

그들은 청춘의 꿈을 위해 투자했다. 자신의 몸에 생채기가 나고 물집이 잡혀도 그 상처를 기꺼이 받아들이고 포기하지 않았다.

나 역시 누군가 다져 놓은 길을 따라 올라갈 수도 있었지만 누구도 가지 않은 길을 선택했다. 막힌 길을 돌아가야 할 때도 있었고 가시덤불로 쓰라린 상처를 맛보기도 했다. 활활 타오르는 열정 없이는 버티기 힘들었다. 지금도 여전히 정상을 향해 산을 오르는 중이다.

오사카에서 놀고 도쿄에서 일하기

　　　　스시 효에서 만난 마음 맞는 선배들과 의기투합해 일본에 가기로 했다. 스시에 인생을 걸었는데 스시가 탄생한 본토에 가서 꿈을 펼쳐 보자는 포부가 우리를 움직였다. 이름을 붙이자면 '스시 유학'이다.

　함께 정한 목적지는 오사카였다. 일본에 처음 가는 것이라 오사카가 적응하기 수월할 것이라는 데 의견이 모아졌다. 오사카가 한국 사람이 많은 편이라서 그랬다. 개인적으로는 곧바로 도쿄로 갔으면 좋았을 텐데 하는 아쉬움이 남는다.

　독학이 잘 맞지 않는 편이라 오사카로 가기 전에 일본어 학원 새벽반에 등록해서 일본어를 배웠다. 초급자로서 알아야 할 기본적인 문법과 말하기 등을 익혔다. 짧은 기간에 일본어 실력이 눈에 띄게 늘 수는 없었지만, 그래도 최선을 다해 공부했다.

이른 시간에 일어나 학원에 갔다. 스시를 더 잘 만들기 위해서 일본에 간다고 생각하니 일본어를 배우는 데 동기 부여가 되었다. 여행지에 도착했을 때보다 짐을 싸며 여행을 준비하는 순간이 더 설레듯이 어학원에 가는 게 즐거웠다.

그렇게 일본에 도착했다. 현지에서 말을 많이 해 보려고 했는데 생각처럼 되지 않았다. 주변에 한국인이 많아서 일본어를 쓸 기회가 거의 없었다. 오사카에서 다니던 어학원에서 수업 시간에만 일본어로 말하고 나머지 시간에는 함께 간 선배들과 어울려서 놀았다. 학생 비자로 와서 일을 할 수도 없는 상황이었다.

국내에서 어학원을 다니는 것과 차이가 없었다. 한국에서는 일본으로 스시 유학을 가기 위해 준비한다는 목표라도 있었는데 일본에서는 시간만 허비하고 있었다. '왜 여기까지 와서 놀고 있지?' 하는 생각이 들어 한심했다.

이대로 살면 꿈을 이룰 수 없을 것 같았다. 그것을 깨닫는 순간 망설임 없이 한국으로 돌아왔다. 한국에 돌아오자마자 목표 실현을 위해 일본 워킹홀리데이를 신청했다. 비자가 나오자마자 홀로 도쿄행 비행기에 몸을 실었다.

도쿄에서 스시를 만들려면 어찌 됐든 도쿄로 가야겠다는 마음을 먹고 떠났다. 선배들과 어울려 오사카에 갔을 때와는 마음가짐이 달랐다.

도쿄 공항에 발을 내디딜 때 꿈을 이루고 싶다는 생각뿐이었다. 꿈을 이루기 전에는 한국으로 돌아가지 않겠다고 다짐했다. 나와 오롯이 독대하는 기분이었다.

시간은 허투루 쓰고 싶지 않았다. 시간 관리를 잘해서 시간 부자가 되고 싶었다. 1분 1초가 귀하다. 가진 돈이 없어서 갑자기 부자가 되긴 힘들겠지만 시간은 관리할 수 있다는 생각이었다.

시간은 금이다. 젊었을 때 시간을 어떻게 썼느냐가 인생의 가치를 결정한다. 시간은 누구에게나 똑같이 주어지지만 쓰는 사람에 따라 질적으로 차이가 난다. 지금 당장은 모르지만 그 격차는 미래에 나타난다.

오사카에서 후회 없이 놀았다. 되돌아보면 시간을 허비한 것이 아니었다. 전력 질주를 하기 전에 사람들과 어울려 놀면서 에너지를 충전한 시간이었다. 젊었을 때 누릴 수 있는 특별한 시간이었다.

스시의 프리미어리그

　　　　도쿄의 긴자는 스시의 프리미어리그가 펼쳐지는 곳이다. 스시에 인생을 바친 장인들이 무한 경쟁에서 살아남기 위해 노력한다. 맛에 대한 손님의 기준도 높다.

가진 돈 100만 원으로 아는 사람 하나 없는 도쿄 한복판으로 갔다. 신주쿠의 이자카야에서 설거지 아르바이트부터 시작했다. 당장 생활비를 벌어야 하니 주어진 일을 열심히 했다.

이자카야에서 아르바이트를 하면서 스시 집에 이력서를 내고 면접을 보러 다녔지만 번번이 떨어졌다. 일본어를 능숙하게 하지 못하니 받아 주는 곳이 없었다.

스시의 프리미어리그에서 내가 마주한 현실은 녹록지 않았다. 꿈을 이루기 전에는 한국에 돌아가지 않으려고 했는데 힘에 부쳤다.

생활비를 벌기 위해 임시방편으로 시작한 설거지 일을 6개월 정도 하니 자괴감이 들었다. 고등학생 때처럼 설거지 아르바이트를 하러 도쿄까지 온 것이 아니라는 생각에 괴로웠다.

당시 내 통장 잔고는 우리 돈으로 30만 원 정도였다. 한 달 치 월세 내기도 모자란 돈이라 생활하기에 턱없이 부족했다. 선택의 문제가 아니라 생계를 위해 한국으로 돌아갈 수밖에 없었다.

남은 돈으로 부모님 선물이라도 사갈까 하다가 '칼을 뽑았으면 무라도 썰어야지' 하는 심정으로 도쿄에서 가장 고급 스시 집에 가기로 했다. 마지막으로 스시를 맛있게 먹고 돌아갈 생각이었다.

저녁 식사는 가격이 비쌌다. 돈이 모자라서 점심에 스시를 먹기로 했다. 평이 좋은 고급 스시 집을 찾아서 예약했다. 사진 속 스시 집은 영화에 나오는 배경처럼 멋지고 분위기가 좋았다.

나보다 2살 더 많은 일본인 이시야마 선배가 카운터에서 스시를 만들어 주었다. 인생에서 처음 맛보는 음식과 공간의 아우라로 인해 긴장됐다. 마음을 진정시키기 위해 술을 주문해서 마시니 일본어가 술술 나왔다. 편하게 속마음을 털어놓았다. 그는 내 말을 끝까지 잘 들어주었다. 진심으로 경청해 주는 것이 느껴졌다.

도쿄에서 스시 만드는 일을 하고 싶은데 면접에서 자꾸 떨어져서 다음 주에 한국으로 돌아갈 거라고 말했다. 아쉽지만 꿈을 접어야겠다고 하니 식사비를 받지 않았다. 일이 끝날 때까지 기다려 줄 수 있냐고 해서 알았다고 했다.

이시야마 선배는 카네사카 사장이 있는 본점으로 나를 데리고 갔다. 나중에 알고 보니 카네사카 사장은 일본 스시 계의 대부代父였다.

카네사카 사장은 고급 스시 식당으로는 가장 큰 규모의 스시 회사를 창립했다. 일본뿐만 아니라 해외에도 다수의 점포를 보유한 회사다. 지금도 세계 곳곳에서 입점 제의와 협업 문의가 쇄도하고 있다. 카네사카 사장은 일본 정통 스시의 하나인 에도마에 스시를 알리고 발전시킨 사람 중 한 명으로 후배들을 양성하여 훌륭한 요리사로 키워냈다.

선배는 내 상황을 카네사카 사장에게 설명했다. 사장은 몇 가지 질문을 했는데 긴장해서 못 알아들었다. 열심히 하겠다는 대답만 반복했다.

"나이는 몇 살인가?"

"열심히 하겠습니다. 간바리마스 頑張ります"

"이름이 뭔가?"

"열심히 하겠습니다. 간바리마스 頑張ります"

"지금 어디에서 살고 있나?"

"열심히 하겠습니다. 간바리마스 頑張ります"

카네사카 사장은 내일부터 나와서 일을 시작하라고 했다. 극적으로 현지 취업이 되었다.

촌놈의 스타성

　　　　영화 속 한 장면처럼 일자리를 얻었다. 이런 일이 생기다니 놀랍고 믿기지 않았다. 꿈을 접으려던 순간 꿈이 펼쳐졌다.

　일본어가 서툴러서 남보다 성실하게 일하는 게 도리라고 생각했다. 뽑아 준 회사에 보답하고 싶었다. 다른 직원들보다 일찍 출근하고 늦게 퇴근하면서 일을 더 했다.

　그토록 일에 대해 좋은 태도를 스스로 갖추려고 노력했지만 언어로 인해 업무 시간에 실수가 생겼다. 선배가 간장을 가져오라고 했는데 잘 알아듣지 못해서 엉뚱한 걸 가져갔다. 현장에서 실시간으로 식사를 내는 오마카세에서 일에 방해가 되었다. 기동력 있게 손발을 착착 맞춰야 하는데 본의 아니게 시간을 지체시켰다. 일의 흐름을 끊게 되어 눈치가 보였다. 마음이 불편했다.

한번 했던 실수는 반복하지 않으려고 애썼다. 자주 쓰는 단어는 따로 메모하고 정리해서 외웠다. 실수를 줄이는 최선의 방법이었다. 날마다 부족함을 느끼다 보니 내가 취업되었다는 것이 실감났다.

어느 날 카네사카 사장이 밥을 사 준다고 했다. 다른 일행 없이 단 둘이 먹는 자리였다. 식사 제안을 받고 걱정이 되었다.

일한 지 얼마 되지 않았는데 무슨 일일까. 기본적인 소통이 안 되니 일을 그만두라는 건 아닌지 별 생각이 다 들었다.

카네사카 사장과 함께 간 식당은 긴자에서 가장 비싼 고기 집이었다. 즉석에서 고기를 구워 먹는 식당이었다. 안타깝게도 그때 음식 맛이 기억이 잘 안 난다. 음식보다 사장의 이야기에 압도되었고 좋은 기분에 취해 있었다.

카네사카 사장은 내가 일본어를 알아듣기 쉽도록 배려해 천천히 이야기했다. 덕분에 편안히 알아들을 수 있었다. 우리는 스시를 대하는 태도, 인생철학, 가족 이야기 등 여러 주제로 많은 대화를 나누었다.

큰 그룹을 일군 사장이 외국인 신입 사원에게 고급 음식을 먹이고 자신의 생각을 나누는 것 자체가 영광이었다. 그날의 즐거운 긴장감을 잊을 수 없다.

카네사카 사장은 자신이 나를 뽑은 이유를 알려 주었다. 농부의 아들로 태어나 근면 성실을 보고 배웠다는 점을 엿본 줄 알

앇는데 뜻밖의 말을 들었다.

카네사카 사장은 나에게 스타성이 보인다고 했다. 스타성이 있으니 잘 해 보라고 격려해 주었다. 스타는 빛나고 화려한 법인데 나는 그런 것과는 거리가 먼 사람이다. 흙에서 뒹굴며 자라서 촌놈, 촌뜨기라는 말이 편하고 자연스럽다. 그 말에 공감은 잘 되지 않았지만 그래도 카네사카 사장이 한 말이니 맞는 말이라고 믿었다.

카네사카 사장은 일본에서 스시로 한 획을 그은 대가답게 언어의 절제미가 있다. 말을 아낀다. 불필요하고 거짓된 말은 하지 않는다. 직원들에게 칭찬도 잘 하지 않는 편이다. 허튼 말을 하지 않는 분의 말이라 스타성이 있다는 말을 진심으로 받아들였다.

'스타성이 있으니까 실력만 키우면 성공할 수 있어!'

그 한마디가 머릿속에 각인되어 좋은 영향을 끼쳤다. 일을 할 때 실수를 해도 전보다 위축되지 않았다. 그보다는 겪고 지나가야 하는 과정이라고 여겼다.

카네사카 사장이 알아봤다는 스타성이 무엇인지 지금도 모른다. 언젠가 알게 되거나 그렇지 않거나 내게는 중요하지 않다.

계속 모른 채 살아가게 되더라도 일을 하는 데 자신감을 얻은 것만으로도 충분하다.

외로울 때 남을 돕기

하루하루 정신없이 살았다. 어느 날부터 주기적으로 외로움이 밀려왔다. 몸이 피곤한 탓인가 하고 넘겼는데 기분이 나아지지 않았다. 향수병이었다.

처음에 외로움을 느낄 땐 어머니의 집밥이 그리웠다. 도쿄에 있는 한국 음식점에 가서 한식으로 외로움을 달랬다. 3년 정도 그렇게 버텼다.

3년이 지나니 외로움이 음식으로는 더 이상 채워지지 않았다. 사람에 대한 그리움이 물밀듯 찾아왔다. 사람이 고파졌다고 할까. 지독한 외로움에 시달렸다.

조리전문학교를 합격해서 학교 근처에서 생활했을 때, 군대에 입대했을 때, 서울로 올라와서 스시 효에서 일할 때 등 여러 번 고향을 떠나 살았지만 처음 느끼는 낯선 감정이었다.

오사카 동료들과 어울려 지낼 땐 느끼지 못한 마음이었다. 거리를 거닐 때, 지하철에서 들리는 일본어가 공허하게 들렸다. 마음 편히 터놓고 이야기할 사람이 없었다. 나는 낯선 환경에 처한 20대 외국인 노동자였다.

고향이 지방인 나에게 서울은 객지였지만 퇴근하고 만날 친구가 있었다. 휴일에는 가족을 만나러 고향에 갈 수도 있었다.

타국에 오니 삶의 고단함과 일터에서의 스트레스를 풀 곳이 없었다.

사람을 좋아하는 성격이라 힘든 시간이었다. 인생은 혼자라는 사실을 깨달았다. 가족과 친구를 통해 힘과 위로를 얻을 수 있지만 결국은 혼자였다. 꿈을 위해 가는 길에서 스스로 감당해야만 할 몫이었다.

도쿄로 스시를 배우러 오는 한국인들이 있었다. 나이와 경력으로 치면 선배부터 또래, 후배까지 연령층은 다양했다.

일본 생활에 필요한 정보를 알려 주고 적응하기에 힘든 점이 있으면 도와주었다. 일자리를 구하는 이들은 직접 데리고 다니면서 아는 곳에 소개시켜 주었다.

신기하게 외로움이 즐거움으로 바뀌었다. 남에게 도움을 주는 행동이 내게 위로가 되었다. 도움을 받은 사람들은 고맙다고 인사를 했지만 사실 내가 더 고마웠다.

스스로 외로움을 달래는 자가 치유법을 자연스럽게 터득했다.

자신의 감정에 빠져서 그 안에 머물러 있으면 안 된다는 것을 깨달았다. 내가 할 수 있는 방법으로 다른 사람을 돕다 보니 외로움이 자연스럽게 해결되었다.

정기적인 봉사활동이 우울증 예방과 치료에 도움이 된다는 말에 공감한다. 외로움과 우울함은 마음의 시선이 자신을 향할 때 생기는 것 같다. 과몰입된 에너지를 다른 사람에게 분산시키면 도움이 된다.

외로움의 강도는 사람마다 다르다. 위로하는 말을 하는 것도 듣는 것도 서로 도움이 안 될 때가 많다. 나는 외로움을 극복하려고 애를 쓸수록 더 외로웠다. 외로움에서 도망치려고 하기보다는 외로움을 인정하고 받아들였다. 서서히 치유되도록 기다렸다. 상처가 나면 딱지가 앉았다 지고 떨어진 자리에 새살이 돋듯 말이다.

같은 목표를 가진 동료를 찾는 것도 도움이 된다. 아무도 가지 않으려고 하는 길을 가는 것은 두려운 일이다. 길을 개척하는 사람이 감당해야 할 외로움이 있다. 비슷한 입장이라 공감할 수 있는 친구가 있다면 조금이나마 위로가 된다.

지금 외로워서 힘들다면 누구나 겪는 상황이라고 생각하고 담담히 받아들이자. 어느 순간 무뎌져서 훌훌 털어낼 날이 온다.

힘들어도 1년은 버티자

　　설레는 마음으로 첫 출근을 했는데 회사 선배가
주방에 들어가지 말라고 했다. 홀에서 먼저 일을 배우는 것이다.
칼도 못 만지고 바닥 청소와 설거지, 스시를 먹을 때 입가심으로
마시는 차인 오차お茶 만들기 등의 일을 했다. 홀 서비스를 할 줄
알아야 카운터에서 스시 쥐는 사람이 됐을 때 어떤 상황에도 잘
대처할 수 있다고 했다.

　오마카세에서 홀 서비스를 가장 중요하게 여기는 이유가 있다.
앉아서 카운터를 보는 손님의 시선을 볼 줄 알아야 하기 때문이
다. 홀 서비스를 해 본 사람만이 손님의 시선을 느낀다. 셰프가 카
운터에 서서 손님을 보는 시선과 손님이 앉아서 카운터를 보는
시선은 다르다. 손님의 눈높이에 맞춰야 한다.

　카운터에서 요리를 하다 보면 손님의 필요를 놓칠 때가 많다.

손님의 시선을 익혀야 최상의 서비스가 가능하고 민첩하게 대응할 수 있다.

오마카세 셰프는 센스를 동시다발적으로 발휘해야 한다. 두더지 잡기 게임과 비슷하다. 고도의 집중력으로 손님과 홀, 뒷주방, 화장실까지 모든 상황을 예의 주시한다. 뒷주방과 화장실은 손님에게 보이지 않는 공간이지만 귀를 열고 보이지 않는 곳까지 장악해야 즉각적인 응대를 할 수 있다.

모든 일에 바탕이 되는 것이 홀 서비스다. 손님 잔에 물이 떨어지면 바로 채운다. 물론 빈 잔을 보고도 알 수 있지만 소리로도 알아차릴 수 있다. 주방에 잠시 오차를 가지러 들어왔는데 홀에서 얼음 소리가 들리면 어떤 손님의 컵에 물이 떨어진 것이다. 젓가락 떨어지는 소리가 나면 어딘지 재빨리 알아차려서 가져다주었다. 술잔이 비었으면 같은 술로 더 마실지 종류를 바꿀지 물었다. 손님의 표정이나 행동을 살피고 홀의 냉난방 온도가 괜찮은지 물어 가며 조절했다.

몇 달이면 홀에서 일을 배우는 과정이 끝나겠지 생각했는데 6개월이 지나도 부엌에 들어가지 못했다. 머리로는 이해할 수 있었지만 그래도 칼도 못 만져 보고 바닥 청소와 설거지만 하려고 취업을 한 건가 싶었다.

지금 하고 있는 일 모두가 하나 마나 한 일 같았다. 하면 티가 안 나고, 안 하면 티가 나는 일이었다. 존재감도 의미도 없는 일처럼 보였다. 내가 아니어도 아무나 할 수 있는 일처럼 느껴졌다.

일의 기본기를 다지는 것도 좋지만 앞으로 어떻게 되는 건지 알 수 없어서 답답하고 불안했다. 요리사가 되려고 배우는 일이 무가치하게 느껴졌다. 처음에 품었던 확고한 뜻과는 달리 마음이 혼란스러웠다.

그즈음 문득 주방 보조로 설거지 아르바이트를 하면서 취업이 되지 않아 막막했던 때가 떠올랐다. 한국으로 돌아가기 직전에 취업이 되었는데 벌써 잊고 있었다.

1년은 무조건 버텨 보자는 마음으로 견뎠다. 1년이 지나고 카네사카 사장에게 주방에서 일을 배우고 싶은데 홀에만 있으니 힘들다고 솔직한 의사를 말했다.

사장은 그동안 고생했다며 이제 홀에서는 그만 일하고 주방에 들어가 선배들이 먹을 밥을 하라고 했다.

'말하지 않으면 귀신도 모른다'는 말이 생각났다. 기본적으로는 조직의 지시에 순응하는 태도를 가져야 하지만 필요할 때 자기 표현을 하는 것이 중요함을 배웠다.

1년 넘게 홀에 있어 보니 손님의 입장을 알게 됐다. 홀에서 두세 달만 일했더라면 손님을 이해하지 못했을 것이다. 생선으로 스시를 만드는 일도 중요하지만 가장 중요한 것이 무엇인지 깨닫게 되었다.

홀에서 일하지 않고 카운터에서 스시를 쥐었으면 큰일 났겠다

싫었다. 지나서 생각해 보니 홀에서 일한 시간은 일의 본질을 익힌 시간이었다. 그 기간 동안 알게 모르게 많이 배웠다. 지루하고 보잘것없는 시간이 아니었다.

오마카세는 우선 손님이 편안해야 한다. 마음 편히 공간을 즐겨야 맛도 느낄 수 있다. 편하게 즐기려면 불편함이 없어야 한다. 스시가 아무리 맛있어도 장소가 편치 않으면 맛을 느낄 수 없다. 빨리 먹고 나가고 싶은 마음이 든다.

홀에서 일을 배우지 않았으면 손님의 상황을 세밀하게 살필 줄 몰랐을 것이다. 나 홀로 스시 만드는 일에만 빠져 있기 십상이다.

스시를 먹을 때 함께 마시는 오차와 술은 중요하다. 스시는 곁들이는 음료의 조합에 따라 맛이 달라진다. 더 맛있게 먹을 수도 있고 맛이 반감될 수도 있다.

한 스시를 먹고 나서 다른 스시를 먹기 전 사이에 입가심하는 오차를 끓였다. 하찮은 일이 아니었다. 오차는 물을 내리는 온도나 속도에 따라서 맛이 많이 달라진다. 손님의 취향에 맞는 오차를 내는 일은 스시의 맛을 북돋우는 역할을 했다.

스시를 먹을 때 술을 마시면 맛의 상승효과가 난다. 원하는 술을 마신 손님은 즐겁고 가게의 매출은 오른다. 처음에는 손님이 원하는 술을 묻고 술잔을 채우기 바빴다. 손님이 찾는 술을 주문받아서 낼 때마다 이름을 익혔다. 일이 끝나면 잘 모르는 술을 찾아서 알아 보니 흥미가 생기고 공부가 되었다. 차츰차츰 손님의 취향에 맞게 술을 내는 법을 알게 되었다.

홀에서 하는 일은 하면 할수록, 알면 알수록 중요한 일이었다. 손님의 시선과 필요를 읽는 일이다. 손님에 대한 이해 없이 최고의 스시를 만들 수 없다.

홀 서비스는 보상과 결과가 당장 주어지지 않았지만 요리사로서 깊이와 내공을 다지는 가장 핵심적인 일이다.

단기 목표 이루기

       현실의 고통을 이겨 내는 사람은 꿈이 있는 사람이다. 꿈은 목표다. 승진이든 해외 여행이든 사람마다 다르다.

'1년 후' 목표를 잡으면 하루살이처럼 고단한 인생이라도 버틸 힘이 생긴다.

스시 일은 일하는 시간은 길고 월급은 적다. 다른 일보다 체력적으로나 정신적으로나 힘들다. 하고 싶어서 시작한 일이었지만 목표가 없으면 하루하루 견디기 힘들다.

해마다 단기 목표를 정했다. 입사 1년 차에는 홀에서 하는 모든 일을 잘하기, 2년 차에는 무슨 일이 있어도 뒷주방 일을 시작해서 생선을 만져 보기, 3년 차에는 최고 난이도 생선인 바닷장어 손질까지 마스터하기였다. 회사 생활에 적응한 후로는 생선을 맡아서 일하는 단계까지 열심히 해야겠다는 생각뿐이었다.

생선을 손질하다 보면 손에 나는 상처는 각오해야 한다. 몇 번이고 칼에 손을 베이고 아물면 다시 베이고를 반복했다.

생선을 공부할 때는 단계가 있다. 처음에는 생선의 머리 손질부터 시작한다. 다음에는 큰 생선의 껍질을 벗기는 기술을 익힌다. 그 후에는 전어나 전갱이 같은 작은 생선을 손질하는 기술을 배운다. 가장 마지막에 배우는 최고로 난이도가 높은 생선이 바닷장어다. 다른 생선들과 뼈의 모양과 구조가 다르기 때문이다.

연차별로 목표를 정하기는 했어도 아침 7시부터 밤 늦게까지 그날 주어진 일을 하다보면 하루가 정신없이 흘러갔다. 매일 새벽 시장을 갔기에 곧장 퇴근해서 집에 가도 잠자는 시간이 늘 부족했다.

'어쩌지? 3년 차인데 올해가 얼마 안 남았네. 바닷장어 손질을 제대로 연습하자' 하는 생각이 들었다.

매일 사비로 바닷장어를 사서 실습을 했다. 출근할 때 시장에서 바닷장어를 몇 마리씩 사서 냉장고에 넣어 두었다. 일이 끝나면 밤 11시에 손질을 시작했다.

퇴근 후에 아무리 힘들어도 1시간이든 2시간이든 바닷장어를 손질했다. 누가 알아주는 것도 아니고 상사에게 잘 보이려고 시작한 일이 아니었다. 단기 목표를 이루기 위한 자연스러운 과정이었다. 실력을 키우려면 매일 시간을 투자할 수밖에 없다.

몇백 마리의 바닷장어를 손질했는지 세어 보지는 않았다. 그

정도는 될 정도로 거듭 손질했다. 손질한 바닷장어는 굽는 연습을 또 한다든지 삶아서 스시용 네타*로 만들어 먹었다.

네타는 스시의 밥 위에 얹는 모든 것을 말한다. 생선, 계란, 채소 등 다양하다.

동기지만 세 살 많은 형과 같은 목표를 공유하며 함께 연습했다. 서로 동영상을 찍어서 좋은 점은 칭찬하고 안 좋은 자세와 고칠 점은 편하게 이야기했다. 바닷장어 손질을 마치면 집에 돌아가서 3시간 정도 잠을 자고 새벽 시장에 갔다.

사장이 우연히 집에 가기 전에 밤늦게 연습하는 모습을 봤다.

"내일 내 앞에서 스시 한번 쥐 봐."

다음날 떨리는 마음으로 사장 앞에서 스시를 만들었다.

"아직 안 되겠다."

테스트에서 불합격했지만 낙심하지 않고 다시 연습했다. 밤늦은 시간이라 피곤한데도 생선을 손질하기 시작하면 신기하게도 알 수 없는 힘이 생겼다. 목표가 있어서다.

1년 후 사장은 각 지점의 점장들을 밤 12시에 모이라고 했다. 카네사카 그룹의 스시 지점은 도쿄의 팔레스호텔을 비롯해 10군데 정도가 있는데 그 지점 대표들이 일을 마치고 집합한 것이다.

점장들은 까마득한 대선배고 무서운 분들이다. 무섭다는 말은 사람을 괴롭힌다는 게 아니라 스시 장인으로서의 엄격한 기준이 있다는 뜻이다.

밤 12시에 테스트가 시작되었다. 카리스마가 넘치는 사람들이 말 한마디 없이 예리한 눈으로 우리를 응시했다. 번뜩거리는 눈빛들이 느껴졌다. 손동작 하나부터 밥은 어떻게 푸는지 간장은 어떻게 뿌리는지 지켜보고 있었다. 정적이 흐르는 싸늘한 분위기 속에서 긴장은 했지만 평소 연습한 대로 했다.

사장과 심사 위원들은 스시를 시식하면서 스시를 만드는 과정에서 서투른 부분을 알려 주고 잘못된 점을 바로잡아 주었다. 스시를 만들고 피드백을 듣는 데 2시간 반 정도 걸렸고 그 뒤에 모두 해산할 수 있었다.

심사 위원단은 모여서 회의를 했다. 나의 테스트 결과는 합격이었다. 부족한 점이 있었지만 지금까지의 노력을 높이 평가받았다. 카운터에 설 수 있는 기회가 주어졌다. 그렇게 카운터 생활이 시작되었다.

스시야 쇼타

　꿈에 그리던 가게를 열었다. 『미스터 초밥왕』의 주인공 쇼타의 이름을 넣어서 상호를 '스시야 쇼타'로 정했다.

　당시에 스시 식당은 긴자에 몰려 있었다. 시장을 개척하겠다는 마음으로 가게 위치를 긴자가 아닌 아자부주반으로 정했다. 아자부주반은 도쿄에서 부촌으로 안정된 생활을 하는 사람들이 거주하는 지역이다. 가게는 그 지역 내에서도 붐비는 대로 쪽이 아니라 골목 안쪽에 자리를 잡았다.

　가게를 시작하고 나서 다양한 경험을 했다. 예약을 받아서 장사를 하다 보면 오류가 생길 때가 있다. 같은 시간대에 이미 예약이 찼는데 중복으로 다른 손님이 추가 예약된 경우다. 그 시간대 예약이 빈 줄 알고 채운 것이다.

　두 손님 중 나중에 예약한 손님이 가게에 일찍 도착했다. 먼저 예약한 손님은 소중한 지인을 초대해서 함께 왔는데 자리가 없어서 실망하고 돌아간 적이 있다. 당일에 급작스럽게 난처한 상황을 겪었다.

나의 실수였다. 가게 운영이 처음이라 시행착오를 겪었다. 일이 끝나고 손님에게 연락해 사죄했다. 쉬는 날 가게를 열어 줄 수도 있으니 편한 날에 재방문해 주길 바란다고 부탁했다. 가게가 쉬는 날 방문한 손님을 정성껏 대접했더니 단골손님이 되었다.

지금은 전담 직원이 실시간으로 예약을 관리한다. 예약 취소 자리가 생기면 바로 다른 손님을 받을 수 있어서 좋다.

무척 영광스러운 일이 있었다. 스시야 쇼타를 열기 전에 알고 지낸 손님과 대화를 나누며 스시 일을 시작하게 된 동기를 말한 적이 있다. 손님은 테라사와 작가를 안다며 함께 오겠다고 했다.

테라사와 작가 앞에서 처음 스시를 줄 때는 유명한 연예인이 앞에 있는 것보다 더 떨렸다. 꿈을 키우게 해 준 분을 만난 것이다. 어떻게 시간이 지나갔는지 모르게 코스를 진행했다.

긴장을 한 탓에 실수를 했지만 테라사와 작가는 나의 모습을 좋게 봐 주었다. 그 인연으로 스시야 쇼타에 스시를 먹으러 종종 온다. 사적인 자리에 나를 초대해서 함께 이야기를 나눈다.

테라사와 작가가 가게를 대관한 적도 있었다. 만화에 나오는 주인공 쇼타가 개발한 스시를 재연하는 이벤트를 준비했다. 고이 간직하던 전집을 꺼내어 읽으며 며칠 밤을 새워 연구했다. 처음부터 끝까지 만화에 나오는 네타로 코스를 냈다.

테라사와 작가와 일행이 카운터에 앉아서 스시를 먹었다. 모든 코스가 끝났다. 원래도 손님의 피드백을 듣는 순간은 긴장감과 기대감이 동시에 들지만 그날은 다른 날보다 긴장감이 훨씬 컸다.

평가 결과는 기대에 많이 미치지 못한 코스라고 했다. 테라사와 작가는 객관적인 평가를 하는 분이라 아쉽지만 받아들였다. 작가는 몇 가지 스시가 연구한 맛이 아니라고 했다. 그중에 메네기 스시에 대한 평가가 기억에 남는다. 메네기는 대파 순을 말한다.

대파 순은 새벽 무렵 해가 뜰 때 돋는다. 테라사와 작가는 새벽에 산지 농장에서 대파 순을 수확해 만든 스시를 먹은 적이 있는데 그때 맛본 감동을 잊지 못한다고 했다.

지금은 메네기 스시가 유행해서 대량으로 품종이 개발되어 더 이상 그 맛의 감동을 느낄 수 없다고 한다. 몰랐던 사실이라 공부가 되었다. 진심 어린 조언이 감사했다. 메네기 스시의 모양은 갖추었지만 정성이 부족한 점을 인정했다.

요리의 세계는 깊다. 세상에 쉽고 간단한 요리는 없다. 겉모양은 흉내낼 수 있지만 맛은 따라 할 수 없다. 고민과 연구, 성찰을 거쳐야 한다. 그래야 감동을 주는 맛이 난다.

모든 정성의 집합이 맛을 이룬다는 사실을 깨닫는 시간이었다. 초심을 다졌다. 맛에 승부를 걸기로 했다.

2.

기본을 지킨다

오감의 요리 관광

오마카세는 오감의 요리다. 인간의 모든 감각 기관을 활용해 먹는다. 오감을 즐기면서 먹을 수 있는 거의 유일한 요리가 오마카세다.

손님은 날것의 식재료가 스시로 탄생하는 순간까지 셰프의 섬세한 손놀림과 칼질을 본다. 시각이다.

조용한 공간에서 칼질 소리와 새우의 껍질을 까는 소리마저 맛있게 들린다. 청각이다.

접시에 놓인 스시를 손으로 잡았을 때 따뜻한 밥의 온기가 느껴진다. 촉각이다. 부드러운 생선의 촉감이 다시 한 번 흥미를 돋운다.

손에 든 스시를 입안으로 넣기 전에 코로 짭조름한 향을 느낀다. 후각이다. 냄새로 한 번 더 즐긴다. 군침이 돌기 시작한다.

상상한 맛의 이미지를 실체로 확인할 차례다. 입에 들어온 스시를 맛본 순간 행복을 느낀다. 미각이다.

스시는 손으로 먹을 수 있는 몇 안 되는 음식 중 하나다. 테이블에 놓인 물수건으로 손을 닦고 먹는다.

젓가락으로 스시를 먹어도 되지만 손으로 먹으면 생선과 밥이 떨어지지 않아서 편하다. 한입에 넣기도 좋고 밥의 온기와 보드라운 촉감이 전해진다.

스시를 먹기 전에는 셰프의 섬세한 칼질 소리를 들었다면 먹을 때는 셰프의 이야기를 듣는다. 셰프는 지금 이 생선은 어디서 잡혔고, 어떤 부위인지, 3~4일 정도 숙성시킨 상태 등 특징을 말한다. 생선에 얽힌 이야기와 정보를 들으며 먹는다.

스시를 알고 먹으니 재미와 지식이 쌓인다. 맛이 극대화된다. 손님들은 모르고 먹을 때보다 더 맛있다고 한다. 여행지에서 아는 만큼 보이듯이 음식도 알고 먹으면 맛의 깊이가 다르다. 음식과 나 사이에 친밀감이 생겨서다. 관계가 형성된 것이다.

날 생선을 못 먹는 손님이 식사를 예약한 날이 있다. 언뜻 생각하면 날 생선을 못 먹는데 왜 스시 집에 오는지 의아할 수 있지만 오마카세 손님이라면 다르다. 하나부터 열까지 날 생선이 아닌 다른 조리법으로 손님에게 스시를 제공했다. 일반 스시 집과 오마카세의 차이다.

오마카세는 맞춤 정장이다. 공장에서 만든 기성품이 아니다.

손님에게 꼭 맞는 옷, 아니 생선으로 손님을 기쁘게 하는 것이 나의 일이다. 일관된 조리 과정이 아닌 단 한 명만을 위한 맞춤 요리다. 손님이 오마카세를 찾는 이유다. 재료비와 인건비, 물가 상승 등 불가피한 상황에 따라 가격이 인상되기도 한다.

오마카세는 가격에 맞는 맛의 가치를 선사한다. 가치를 경험한 손님은 셰프를 믿고 돈을 지불한다. 가치에 만족했다면 단골 손님이 된다.

특급 요리사의 육감

　　일류 요리사를 뛰어넘는 특급 요리사가 있다. 특급 요리사는 일류 요리사에게는 없는 한 가지가 있다. 바로 요리사의 육감六感이다.

　오마카세에서 누릴 수 있는 오감에 한 가지를 더한 것이 육감이다. 육감은 '또 오고 싶은 여운, 행복한 감정'이다.

　일류 스시 요리사는 손님의 오감을 흡족하게 한다. 모든 밸런스를 좋게 갖고 있는 사람이다. 생선을 자르는 행동 하나하나가 멋있고 예술처럼 느껴진다. 주변 정리가 안 되어서 위생 상태가 더럽고 생선을 대충대충 자르는 요리사는 일류가 될 수 없다. 많은 요리사가 일류 요리사가 되기 위해 최선을 다한다. 노력하면 가능한 영역이다.

　특급 요리사는 기품과 매력이 있다. 특급 요리사의 음식이 일류 요리사의 음식보다 압도적으로 맛이 탁월한 것은 아니다. 맛의 차이가 아니라 사람의 차이다.

특급 요리사는 달변가가 아니다. 말솜씨가 화려하거나 듣기 좋은 말로 손님의 비위를 맞추지 않는다. 오히려 말로 표현할 수 없는 아우라가 있다. 일반적인 수준으로 '맛있는' 식당은 많지만 육감을 경험할 수 있는 식당이 드문 이유다.

육감이 있는 사람은 상대방에게 행복감을 준다. 함께 있으면 마음이 편안해진다. 식당에 들어가기 전까지 하던 걱정과 근심이 사라진다.

특급 요리사가 주는 육감은 자연과 같은 무대를 경험하는 것이다. 물이 흐르듯 주어진 식사 시간이 흘러간다. 물은 흘러가다가 한곳에 고이면 잠시 쉬어간다. 바위에 부딪혔다가 콸콸 쏟아지면 이 또한 감동이다. 스시의 맛뿐만 아니라 전체적인 분위기, 셰프의 퍼포먼스, 술 페어링 등 모든 게 물이 흐르듯 자연스럽고 조화로워야 한다.

육감을 경험한 손님은 밖에 나가서도 그 여운이 쉽게 가시지 않는다.

육감을 주는 식당이 되기 위해서는 모든 과정이 내 손을 거칠 수밖에 없다. 설거지부터 젓가락 하나를 내는 것까지 모든 접객을 포함한다. 접객의 범위는 보이는 곳뿐만 아니라 시야에 보이지 않는 구석구석 전부다. 소리만 들어도 주방이 어떤 상태인지 안다.

손님의 표정만 봐도 코스로 낸 스시 중 어떤 생선을 좋아하고 싫어하는지 파악이 가능하다.

일주일에 한 번 쉬는 날이 오면 같은 업계 식당을 예약하고 스시를 먹으러 다닌다. 음식뿐만 아니라 접객, 인테리어 등 그 가게의 장점을 공부하며 끊임없이 나만의 물길을 닦는 중이다.

말 안 해도 아시죠?

'오마카세'라는 단어가 나온 지는 얼마 되지 않았다. 오마카세는 '맡기다^{마카세루まかせる}'라는 뜻의 일본어에서 온 말이다.

"제가 좋아하는 거 말 안 해도 아시죠?"

손님이 먼저 말하지 않아도 셰프가 서비스를 알아서 제공한다. 예약을 하는 품을 들이고 오랜 대기 날짜를 기다려 비싼 식대를 지불하는 고객의 기대와 니즈를 책임지는 것이다.

일반적으로 일본 음식을 요리하는 요리사를 총칭하여 '이타마에^{いたまえ}'라고 한다. 스시는 요리사의 직급에 따라 부르는 호칭이 다르다. 일본 스시 집에서는 총 주방장이자 사장까지 하는 셰프를 '타이쇼^{大将}'라고 한다. 대장이라는 뜻이다.

오마카세는 겉으로 보기에는 스시의 양과 종류를 타이쇼에게 모두 맡기는 것처럼 보인다. 실상은 타이쇼가 손님의 식성과 먹지 못하는 식재료 등을 파악해서 준비한다.

짧은 시간에 손님의 취향을 파악하는 타이쇼의 감각과 능력이 중요하다. 손님을 잘 관찰하고 필요할 때 손님에게 질문한다.

타이쇼와 손님의 관계에서 흥미로운 점이 있다. 돈을 받고 스시와 서비스를 주고받는 관계 이상이다.

스시를 쥐는 셰프인 타이쇼와 고객 사이에는 최고 수준의 신뢰 관계가 형성된다. 신뢰의 '끝판 왕'이다.

타이쇼는 그날 준비할 수 있는 최상의 재료로 손님에게 최선의 접객을 한다. 천재지변으로 인해 좋은 생선을 구하지 못하면 그날은 14개의 코스가 아닌 3~4개의 코스로 끝낸다.

"손님, 오늘은 여기까지입니다."

손님은 "잘 먹었습니다. 감사합니다." 말하고 식사를 마친다. 타이쇼가 모든 걸 내 주는 사람이라는 믿음에서다.

손님은 타이쇼의 선택과 결정을 전적으로 믿고 존중한다. 굳이 말이 필요 없는 관계다. 오늘은 생선 상태가 좋지 않거나 그럴 만한 이유가 있겠지 하고 받아들인다. 의아한 상황에서 묻지도 않고 따지지도 않는 신비한 관계다. 이 장면을 떠올리면 동화 속에 나오는 이야기 같다. 남들이 볼 땐 꼭 짚고 넘어갈 일을 말없이 넘어가니 말이다.

손님이 좋아하는 생선을 찾으러 새벽부터 발품을 팔았지만 어쩔 수 없는 상황으로 단 3가지 밖에 구하지 못할 때가 있다. 타이쇼는 구차한 변명을 하지 않는다. 손님도 따지지 않고 정해진 식대를 지불한다. 코스의 시작과 끝을 전적인 신뢰로 함께한다. 다소 과장되게 들릴 수도 있겠지만 이상적인 오마카세의 비유다.

배부르게 먹지 않아도 맛에 만족할 수 있다. 지친 마음을 위로받고 쉼을 얻었다면 양이 부족해도 흡족하다. 포만감은 식당에서 만족하는 방법 중 하나일 뿐이다.

한 끼 식사로 활기를 찾고 상처받은 마음이 치유될 수 있다. 식사는 생명력을 일으키고 다시 불을 지피는 부싯돌이 된다.

어깨가 아파서 치료를 받느라 가게를 오래 비운 시기가 있었다. 손님들은 언제부터 나오는지 묻지 않았다. 많이 아픈지, 괜찮은지 걱정했다. 진심으로 몸이 낫기를 바라는 마음이 고마웠다. 덕분에 치료에 집중할 수 있었다.

오마카세의 타이쇼와 고객은 맛에 대한 신뢰 관계 이상이다. 맛으로 얻은 신뢰는 인간적인 신뢰로 이어진다. 스시를 쥐는 사람으로서 손님의 삶의 질을 높이는 것이 행복이다.

삶의 희노애락을 함께하는 친구가 되고 싶다.

내 친구 새벽 시장

어느 배우의 영화제 수상 소감이 기억에 남는다. 일이 없어서 힘들 때 힘을 준 북한산에게 고맙다고 했다. 북한산을 오르면서 마음을 다잡고 버텼다는 뜻이다.

나에게는 새벽 시장이 있다. 스시 일을 시작했을 때부터 비가 오나 눈이 오나 새벽에 시장으로 출근했다. 정기 휴무일과 몸이 심하게 아픈 날을 제외하고는 매일 간다. 시장은 매주 수요일, 일요일에 쉰다. 시장이 쉬는 날은 마음이 허전하고 아쉽다.

스시를 요리하는 사람은 생선을 아는 게 기본이다. 일본에서 일을 시작할 때부터 무작정 생선 시장을 방문했다. 처음 시장에 갔을 때 우리나라와 다른 풍경이 낯설게 느껴졌다.

생선을 사지도 않고 쭈뼛쭈뼛 기웃거리니까 상인들은 비키라고 냉담한 태도를 보였다. 방해가 되니 오지 말라는 핀잔이었다.

그러다가 도매상처럼 생선을 많이 사지도 않고 좁은 공간에서 이것저것 궁금한 걸 물어보니 성가시다는 표를 냈다. 일본어로 무슨 말인지 다 알아듣지는 못했지만 싫은 감정이 섞인 말투인 것은 분명했다.

반기는 사람이 없는 민망한 상황을 이겨 내 보려고 안간힘을 썼다. 서툰 일본어로 밝은 미소와 건강한 목소리를 담아 매일 똑같이 "좋은 아침입니다!오하요오고자이마스おはようございます!"라고 인사했다. 아무도 반응하지 않는 인사였다.

몇 달 동안 매일 시장에 가다가 몸이 아파서 하루 못 간 적이 있다. 다음날 시장에 가니 어제 왜 안 왔냐고 묻는 것이다. 깜짝 놀랐다. 얼마나 아팠기에 시장을 못 왔냐며 걱정을 해 주었다. 미움과 눈치만 받는 줄 알았는데 존재감 있는 사람이 되어 있었다.

마음이 울컥하고 기뻤다. 노력에 대한 격려로 느꼈다. 상인들은 생선에 대한 좋은 정보를 주었다. 지금까지 서로 돈독한 우정과 신뢰를 쌓고 있다.

가게를 개업한 날 시장 상인들이 와서 진심으로 축하해 주었다. 항상 잘되길 응원해 주고 좋은 생선을 가장 먼저 손에 넣을 수 있도록 도와준다.

나는 등 푸른 생선에 속하는 정어리를 좋아한다. 정어리는 싼 생선으로 알려져 있지만 기름지고 품질이 좋은 생선은 손에 넣기 어려워 고급 생선에 속한다.

시장의 한 상인은 내가 기름기 낀 정어리를 좋아하는 것을 알아서 다른 손님에게 보여 주지 않고 숨겨 놓는다. 내가 가면 품질이 좋은 정어리를 보여 준다. 그는 기름이 낀 정어리를 보고 좋아할 내 얼굴을 떠올리며 생선을 준비한다.

시장에 갔을 때 상인의 눈빛을 보면 오늘 좋아하는 생선을 살 수 있겠구나 하고 안다.

시장에서는 신뢰 관계를 바탕으로 생선을 산다. 좋은 생선을 받는 것도 신뢰로 가능하다. 그는 내가 항상 사는 생선이라도 상태가 좋지 않으면 추천하지 않는다. 상인이 매출을 생각하면 달콤한 말로 속여서 팔 수 있겠지만 하루 이틀 맺은 관계가 아니라 정직하게 생선을 거래한다.

시장은 생선에 진심인 사람들이 만나서 소통하는 곳이다. 살아 있는 현장이다. 생선으로 하나가 된 유대감과 소속감이 있다.

산지에서 온 어부들은 생선의 종류별로 어떻게 먹는 게 맛있는지 알고 있다. 시장에서 들은 이야기는 손님들에게 맛있는 스시를 내는 것으로 이어진다.

도쿄 내 유명한 업장의 셰프들은 생선을 직접 사러 온다. 그러다 보니 생선의 종류에 따른 요리법을 서로 많이 공유한다.

그렇게 쌓인 노하우는 또 다른 생선 요리를 하는 요리사에게 전해져 선순환을 이룬다.

기후 변화로 인해 제철 생선을 예상해서 구입하는 것이 어려워

졌다. 지구 온난화의 영향으로 전체적으로 바닷물이 따뜻해졌다. 정해진 시기에 잡혀야 할 생선이 잡히지 않고 잡히지 않던 생선이 잡힌다.

10년 전만 해도 '곧 어떤 생선이 나오겠네' 예상이 가능했지만 지금은 예측 불가능하다. 때에 맞지 않는 생선이 잡힌다. 생선 종류뿐 아니라 잡히는 지역도 바뀌었다.

온난화 현상으로 바닷물의 온도가 올라갔다. 물의 흐름도 바뀌면서 차가운 물에서 살던 생선들이 수온이 찬 북쪽으로 이동해 오고 있다. 수온에 따라 생선들이 이동을 하여 점점 북쪽에서 잡힌다.

손님들이 이 시기에는 그 생선을 먹어야지 하며 특정 생선을 요청할 때가 있다. 기후 변화로 원하는 생선이 잡히는 시기가 이미 끝났다든지 하는 여러 이유로 난황을 겪고 있다. 때를 맞춰 손님의 요구를 들어 주기가 점점 힘들어지는 상황이다.

내가 할 수 있는 방법은 매일 시장에 가서 그 흐름을 읽고 준비를 하는 것이다.

사실 시장에 매일 가지 않아도 된다. 하루 이틀이나 며칠 정도는 생선에 큰 차이가 없다. 직접 갈 필요 없이 전화로 필요한 생선을 주문하고 가게에서 받아도 된다.

그렇지만 시장에 직접 가야만 가능한 일들이 있다. 어제와 오늘 생선이 매일매일 조금씩 바뀐다. 똑같은 것처럼 보이지만 미세한 변화가 있다. 시장에 가야 볼 수 있고 알 수 있다. 어떤 생선이 새로 들어왔는지는 직접 가서 눈으로 보는 게 정확하다. 전화 주문과 결정적인 차이다.

기대하지 않은 뜻밖의 생선을 발견한 날이 있다. 산삼을 발견한 심마니처럼 들뜬다. 특히 오늘 오는 손님이 좋아하는 생선을 구하면 신난다. 매일 시장에 오는 사람이 받는 복이다.

새벽 시장은 생업의 터전이다. 희노애락을 함께한 친구다. 힘과 위로를 받는 공간이다. 일이 잘 될 때나 안 될 때나, 기분이 좋을 때나 우울할 때나 발걸음은 늘 시장을 향한다.

생선은 생물이다. 시장은 생물이 모인 곳이다. 새벽 시장에서 느끼는 생명성과 역동성이 스시를 만드는 원동력이다.

접객의 세계

접객은 최고의 환대다. 손님을 정성껏 모신다는 뜻이다. 접객은 오마카세 식당의 핵심 가치다. 처음과 끝이다. 상대방의 비위를 맞추는 서비스가 아니다.

손님을 진심과 전심으로 대한다. 손님이 접객을 받는 마음을 온전히 느끼는 수준까지 이르러야 한다.

접대와는 다른 의미다. 접대는 접대하는 사람이 상대방의 시중을 드는 어떤 행동에 초점이 맞춰져 있다. 접대는 상하 관계로 구분되거나 한쪽이 상대방을 눈에 보이게 대접하는 의미다. 특정한 행동이 아니더라도 듣기 좋은 말로 상대의 기분을 좋게 하는 것도 접대다.

접객은 사람이 중심이다. 손님이 감동을 받아야 한다. 말 재주로 손님의 마음을 움직이는 게 아니다. 손님의 존재를 기억하고 생각하는 것이다.

접객은 사람에 대한 관심에서 시작한다. 사람에 대한 관심이 관찰로 이어져야 공부가 된다. 잘 살펴서 무엇을 좋아하고 싫어하는지 호불호를 파악한다. 호불호는 개인의 성향과 연결된다.

손님이 감동한 모습을 보면 즐겁다. 접객은 궁극적으로 나를 위한 일이다.

처음 가게에 온 손님에게는 가벼운 인사 정도로 대화를 이어간다. 손님을 알아가는 시간이다. 손님이 궁금한 점을 물으면 자연스럽게 대화가 이어진다. 먼저 말을 걸지 않는 손님에게는 식사에 필요한 사항만 확인한다. 기피하는 식재료 있는지, 알레르기가 있는지 정도다. 이것만으로 손님의 성향을 파악했다고 단정할 수는 없다.

말 한마디 하지 않고 있다가 술이 들어가면 말수가 많아지는 사람이 있다. 처음에는 분위기가 익숙하지 않아서 조용히 있다가 편해지면 이야기꽃을 피우는 사람도 있다.

아무 말없이 묵묵히 스시만 먹는 손님도 있다. 오로지 식사에 집중하고 맛을 음미한다.

나와 맞든지 맞지 않든지, 이해가 되든지 되지 않든지 사람의 성향은 천차만별이다. 사적인 관계라면 불편한 사람은 피하거나 거리를 두지만 카운터 셰프는 어떤 성향의 손님이 오는지 알 수 없다. 어떤 손님이 오더라도 그에게 맞는 접객을 하는 것이 최고의 접객이다.

모든 손님은 내가 만드는 스시를 먹기 위해 3개월 전에 예약을 했다. 시간을 내서 발걸음을 옮기는 수고를 하고 값을 지불한다. 대하기 까다롭고 힘든 손님도 똑같은 과정을 거쳐서 내 앞에 앉은 손님이다. 손님의 성향을 맞추는 데 개인차는 있지만 밉고 싫은 감정은 없다.

접객은 모든 인간관계에 통한다. 세상은 혼자서 살 수 없다. 사람을 알아야 하고 사람을 잘 대해야 한다. 가족과 친구, 회사 사람들 등 사람이 있는 곳에는 접객이 있다.

접객을 할 때 가장 중요한 점은 상대방이 좋아하는 것과 싫어하는 것을 파악하는 센스다. 그의 전부를 알 수는 없지만 호불호만 알아도 실수와 실례를 피할 수 있다.

좋은 접객이 좋은 관계를 낳는다. 접객의 세계에 첫 발을 내딛으면 흥미로운 경험이 펼쳐진다.

모든 일은 수행이다

우리는 일터에서 밥벌이를 한다. 하루하루 최선을 다한다. 집에 있는 시간보다 회사에 있는 시간이 길 때가 있다. 가족보다 직장 동료와 더 오랜 시간을 함께 보낸다.

일하는 시간을 영혼 없이 때우면 지친다. 일을 오래 할 수 없다. 생업을 유지하기 힘들다.

요즘 무언가를 열심히 한다는 표현을 '갈아 넣는다'고 말한다. 공감은 되지만 서글픈 현실이다. 일에 짓눌려 지치면 자아를 잃고 소진된다. 일을 소중히 여기되 자기 안의 중심을 지켜야 한다.

일은 수행이다. 일터는 수행하는 곳이다. 자신과의 싸움이 끝없이 일어난다. 출근할 때부터 퇴근할 때까지 일과 사람에서 오는 스트레스를 이겨 내야 한다.

일을 잘하려면 매일 몸과 마음을 가다듬는 훈련이 필요하다.

인간의 본성을 다듬는 과정이다. 성직자들이 신앙을 지키기 위해 자신을 단련하듯이 말이다.

매일 똑같은 일을, 똑같은 마음으로 하는 것이 수행이다. 평정심을 유지하고 사사로운 감정에 치우치지 않는 것이다. 어제보다 컨디션이 안 좋다고 오늘 일을 소홀히 하면 안 된다. 순간순간 마음을 다잡고 평정심을 지켜야 한다.

요리사의 꿈을 안고 도쿄에 왔지만 처음 한 일은 물수건 접기, 바닥 청소, 설거지 등이었다. 언뜻 들으면 그냥 하면 되는 일이지 특별한 일인가 싶지만 실상은 그렇지 않다.

하다 보니 잘하고 싶은 마음이 생겼다. 어떤 일이든 잘하려고 마음먹으면 방법을 고민하고 연구한다. 물수건을 어떻게 접고 설거지를 어떻게 해야 하는지 가르쳐 준 사람은 없다.

수행의 핵심은 마음가짐이다. 물수건을 접고 바닥 청소를 하는 마음가짐이 나중에 생선을 손질하는 마음으로 이어진다.

일을 하다가 거짓말을 한 직원에게 영업시간 직전까지 혼을 낼 때가 있다. 강한 어조로 주의를 주다가도 손님이 오면 언제 그랬냐는 듯이 웃는 얼굴로 맞는다. 온탕과 냉탕을 넘나든다.

손님이 오기 전에 되도록 마음을 가다듬기 위해 노력한다. 가족 사진을 보며 화를 누그러뜨린다. 감정 절제가 가능하면 스시를 만들지만 도저히 참지 못할 때가 있다.

그럴 땐 바람을 쐬러 밖으로 나간다. 화가 사라지지 않을 때는 칼을 내려놓고 5분이라도 나가서 마음을 진정시키고 들어온다. 자리를 비운 동안 직원에게 손님이 먹을 요리를 제공하라고 한다.

진심을 담은 스시를 쥐기 위한 마인드 컨트롤이다. 손님을 위해서다. 얼굴의 표정은 속일 수 있지만 마음은 속일 수 없다. 손님을 기다리게 하는 게 죄송하지만 거짓된 마음으로 스시를 쥘 수 없다는 원칙을 지키고 싶어서다. 짜증나고 화가 날 때 스시를 쥐면 온전한 맛을 낼 수 없다

잠시 나갔다가 들어오면 마음이 정화된다. 짧은 시간이지만 감정을 추스르는 데 도움이 된다.

손님은 셰프의 개인 사정을 모른다. 알 필요도 없다. 맛있는 스시를 먹고 싶은 기대감으로 찾아온 손님에게 사적인 상황을 드러내는 건 예의가 아니다. 부모님의 몸이 편찮거나 집안 대소사로 마음이 불편할 때도 있지만 개인사는 내색하지 않는다.

프로의 세계는 삶의 무거운 중압감과 스트레스, 돌발적인 변수를 의연하게 견디는 일상의 연속이다. 나의 사명은 상황에 따라서 감정이 흔들리지 않고 꾸준히 같은 스시 맛을 이어 가는 내공을 쌓는 것이다.

세상 모든 일을 하는 사람의 마음가짐은 같다. 일의 형태는 다르지만 잘하고 싶고 잘해야 하는 사람이라면 기본은 같다.

자신과의 묵묵하고 치열한 싸움, 때로는 하나 안 하나 티가 안

나는 일 같아도 매 순간 최선을 다해야 한다. 남의 눈을 속이면 잠시 편할 수는 있지만 자신을 속일 수는 없다. 언젠가는 자신에게 그 대가가 돌아온다.

프로는 자신의 기준이 스스로 높고 엄격하다. 항상 변함 없이 당당하게 일한다.

설거지 영업

　식당에서 하는 설거지는 단순한 노동이 아니다. 영업이다. 산더미처럼 쌓인 그릇만 봐도 스트레스가 밀려오니 일을 하는 사람에게는 받아들이기 힘든 말이다. 일이라고 생각하면 작업으로 보인다.

　'이 많은 걸 언제 끝내지? 대충 해치우고 쉬어야지!'

　귀찮다. 설거지를 깨끗하게 했는지 검사하는 사람은 없다. 고도의 기술이 필요하지도 않고 부가 가치가 높은 일도 아니다.

　그러나 나는 설거지를 허드렛일이라고 여기지 않았다. 설거지 영업 한번 제대로 해 보자는 심정으로 했다. 빨리 끝내고 쉬어야지 하는 마음을 버렸다.

　설거지는 접객이다. 아무도 보는 사람이 없는 것 같지만 손님은 그릇을 본다. 내가 닦은 그릇을 손님이 본다는 생각으로 설거지를 했다. 손님을 접객하고 있다는 마음으로 설거지를 했다.

손님이 "그릇이 참 예쁘네!" 하고 바닥에 닿는 면을 뒤집어 봤는데 이물질이 묻어 있고 끈적거리는 기름기가 있으면 어떨까. 식사를 아무리 맛있게 해도 식당에 대한 신뢰가 떨어진다.

설거지를 해치울 일로 생각하면 그릇의 보이는 면만 대충 닦고 금방 끝낼 수 있다. 그릇의 뒷면까지 보는 사람은 없다는 생각에서다. 손님이 보이는 곳에 고춧가루가 묻어 있는 그릇을 내는 사람은 없다. 보이지 않는 부분도 같은 마음으로 해야 한다.

설거지는 서비스다.

설거지는 부피가 큰 그릇부터 순차적으로 했다. 큰 그릇이 몇 개만 싱크대에 있어도 지저분해 보인다. 부엌에서 싱크대가 복잡하면 일하기 불편하다. 그릇의 크기별로 구분해서 설거지를 하면 싱크대가 정리된다.

싱크대가 깔끔해야 일이 잘된다. 최대한 그릇이 쌓이지 않게 바로바로 설거지를 하면 다른 일을 병행하기 쉽다.

영업시간이 되어서 손님이 오면 주방에 있다가 홀로 나가서 가장 크고 밝게 인사를 했다. 인사는 하는 사람과 받는 사람의 마음을 열어 준다.

설거지를 시작하기 전에 홀에 있는 손님의 얼굴을 보면 책임감이 생긴다. 설거지는 손님의 입에 들어가는 음식을 놓는 그릇을 닦는 일이다.

설거지는 허드렛일이 아니다. 접객의 핵심 중 하나다. 모든 음식은 그릇에 낸다. 아무리 맛있는 음식도 더러운 그릇에 내면 가치가 없어진다. 설거지는 깨끗한 그릇을 내는 영업이다.

루틴 집중력

지금 카네사카 그룹에서 일하는 대부분의 임직원은 머리를 자발적으로 기르지 않는다. 위생과 청결을 위해서다. 머리카락이 한 올도 없는 회사 사람들이 단체 사진을 찍으면 살짝 험악하고 재밌는 분위기가 연출된다.

매일 새벽에 일어나 욕실에서 거울을 보며 면도칼로 머리카락을 밀면서 말한다.

"오늘 하루도 열심히 해 보자!"

나만의 의식이고 루틴이다.

머리카락을 밀고 시장으로 향한다.

자신만의 루틴은 중요하다. 꿈과 목표는 현실과 동떨어져 있고 이루기 어려워 보인다. 루틴은 일상이고 일상은 반복이다. 일상이 모이면 현재가 되고 미래가 된다.

루틴은 수행의 또 다른 이름이다. 루틴을 잘 지키는 사람이 끝까지 간다. 루틴과 수행은 반복이 핵심이다.

프로와 아마추어의 차이는 루틴에서 결정된다. 루틴은 하루도 거르지 않는 것이다. 매일 무언가를 반복하는 건 쉬운 일이 아니다. 루틴을 지키는 것은 자신과의 싸움이다.

오늘 루틴을 지켰다고 내일 당장 보상이 생기지 않는다. 세상 모든 일이 그렇다. 가랑비에 옷이 젖듯이 어느 순간 한 단계 성장한다.

루틴을 매일 지키다 보면 마음가짐이 새로워진다. 늘 하던 일을 오늘 다시 시작할 때 에너지를 얻는다. 루틴 안에서 안정감이 생긴다. 새로움과 안정감 사이에서 일상을 이겨 낼 힘이 생긴다.

가게로 와서 장을 봐 온 생선을 손질하고 손님이 오기 전에 앞치마 끈을 바짝 묶는다. 다시 한번 기합을 넣는다. 손님을 맞이하기 전에 하는 또 다른 루틴이다. 새벽에 머리카락을 밀었을 때와 같은 마음으로 앞치마 끈을 조인다.

목표를 이루는 것은 비현실적이고 추상적으로 보인다. 지금 당장 할 수 있는 루틴을 정해서 하다 보면 매일 한걸음씩 그 지점에 다가갈 수 있다.

성공한 사람은 세상의 주목을 받는다. 모두 빛나고 화려해 보이지만 그들의 공통점이 있다. 성취하는 과정에서 고생길을 걸었고 루틴을 지켰다는 것이다.

미션 완료 게임

연회장에서는 장인이라기보다는 달인이 된다. 평상시에는 스시 한 개를 12초 안에 만들지만 빠르게 내야 할 때는 개당 7초 안에 만들어야 한다. 스시는 모두 동일하게 13그램으로 낸다.

10명의 요리사가 많을 땐 1,200명이 먹을 스시를 준비한다. 한 사람이 스시 120인분을 만든다. 단시간에 집중해서 명품 스시의 맛과 모양을 지키며 재주와 솜씨를 발휘해야 한다.

정해진 식사 시간은 늦출 수 없기 때문에 시간을 맞춰야만 한다. 일이 몰리면 심리적으로 압박을 받는다. 당황해서 걱정이 앞선다. 마음이 쫓겨서 집중이 안 된다. 어느 순간 부담감을 극복하고 싶었다.

갑자기 일이 많이 몰릴 때에는 전체 일의 양을 반으로 쪼갰다.

그래도 많으면 다시 반으로 나눈다. 시간을 쪼개는 방법을 자주 사용했다. 몇 분 안에 끝내려고 목표를 정하면 스시 한 개를 얼마만에 만들어야 하는지 시간이 나온다.

주어진 시간 안에 미션 달성을 하는 게임으로 여겼다. 즐기려고 애썼다. 긍정적인 마음은 선택이 아니라 필수로 장착했다.

일은 임무 수행, 미션 완료 게임이다. 하루의 미션을 해내면 된다. 정해진 시간에 일을 효율적으로 하는 방법을 찾으려고 노력했다. 할 일을 잘 끝내면 오늘도 성장했다고 믿었다. 성과가 생기면 기쁨이 두 배로 커졌다.

오늘의 미션이 내일의 꿈이다. 꿈을 정하고 꿈을 향해 가는 목표를 작은 단위들로 쪼갰다. 토너먼트 방식으로 올라갔다.

초밥왕이 되려면 카운터에서 스시를 쥐어야 한다. 카운터 스시를 하려면 연회 스시를 쥘 수 있어야 한다. 그렇게 목표를 중심으로 역산하는 거꾸로 미션이 시작된다.

연회장 미션을 완벽히 수행하고 싶었다. 몇 달 동안 매일 일이 끝나고 스시 쥐는 연습을 했다. 퇴근 후에 다시 집중하기가 힘들었지만 게을리 하지 않았다.

코피가 쏟아질 정도로 연습한 끝에 연회장에서 스시를 낼 수 있었다. 그때의 기분은 짜릿했다. 호텔 안에 있는 연회장에서 2년 동안 매일 연회 스시를 쥐어 냈다. 미션 완료 게임에서 이겼다.

요리사 2명이 몸이 아파서 당일에 못 온 적이 있다. 인력이 줄어서 할 일이 많아졌다. 출근하지 않은 요리사를 원망하는 사람, 연회 시간에 맞춰서 스시를 못 만들 것이라고 걱정하는 사람. 부정적인 반응이 쏟아졌다.

'피할 수 없으면 즐겨라!'

뻔하고 식상한 표현이지만 좋아하는 말이다. 지금 이 정도 일도 못하면 가게를 차려서 독립했을 때 무엇을 할 수 있을까 하는 생각이 들었다. 힘들지만 좋은 기회로 받아들였다.

'그래, 한번 해 보자!'

어차피 할 일을 받아들이는 마음은 두 가지다. 긍정과 부정이다. 나 역시 불평과 불만스러운 마음이 자동적으로 들지만 긍정적인 마음을 바꾸려고 노력하는 편이다. 긍정적인 마음은 의지가 필요한 일이다. 부정 스위치를 꺼야 긍정 스위치가 켜진다.

긍정적인 에너지를 주는 문장이나 마음이 흔들릴 때 다잡아 주는 글귀를 노트에 적어서 정리했다. 책뿐만 아니라 드라마와 영화에서 와닿는 대사를 기록했다. 써 놓은 글을 읽다 보면 마음에 새겨진다.

좋은 글은 나를 가다듬고 비추는 거울 효과가 있었다. 앞으로 나아가게 하는 힘을 주었다. 세뇌 효과가 있는지 필요한 상황마다 자연스럽게 떠올랐다.

연회장에서의 수련 과정을 거쳤기에 카운터에서 손님과 대화하면서도 손은 능숙하게 스시를 쥘 수 있었다.

새로운 임무를 잘 수행하면 꿈을 향해 가는 즐거움을 얻는다.

나는 스시를 정말 좋아하는 사람이다. 틈틈이 스시에 관련된 공부를 한다. 항구에 가서 생선의 달인에게 생선을 신선하게 보관하는 방법과 맛있게 먹는 법을 듣는다. 책을 통해서는 얻을 수 없는 생생한 지식과 정보다.

스시에 대한 내 열정을 『미스터 초밥왕』의 주인공 쇼타의 열정과 비교해 봤다. 스시를 사랑하고 스시에 미쳐 있는 마음을 견주었을 때 뒤지지 않는다고 자부한다.

태도가 마인드다

"굳이?"

요즘 초등학생부터 젊은 사람들이 자주 쓰는 말이다. 번거롭고 피곤한 일을 하기 싫다는 뜻이다. 자기 중심적인 선 긋기다. 언뜻 들으면 합리적이지만 '굳이'라는 생각은 건강한 도전을 무의미하게 한다. 그 틀로 제한하면 세상에 할 일이 있을까 싶다.

마음가짐은 태도에서 나온다. 마음가짐이 굳어지면 마인드가 된다. 곧 태도가 마인드다. 하는 일이 달라진다고 마음가짐이 달라지지 않는다.

빗자루를 잡는 마음이 생선을 잡는 마음이 된다고 믿었다. 설거지를 하는 마음가짐이 요리를 하는 마음가짐이 된다고 믿었다. 지금 하고 있는 일에 자부심을 가져야 한다. 자부심이 없으면 대충대충 하게 된다.

모든 일은 접객하는 마음가짐으로 해야 한다고 거의 주입식 교육으로 배웠다. 사실 당장 주어지는 이득은 없었다. 매 순간이 긴장 상태다. 일에 대한 기준이 높아서 그 기준에 맞추려면 몸도 고되고 시간도 오래 걸린다. 그땐 힘들었지만 지금 생각하면 배운 대로 한 게 복이었다.

"오늘은 손님에게 물수건으로 감동을 주자!"

손님이 물수건을 잡는 순간 감동을 느끼게 하고 싶었다. 물수건의 외관은 정갈하게 보이고 촉감은 빳빳해야 한다. 처음에 접을 때 힘을 빠짝 주어서 깔끔하게 선을 잡았다. 손님이 물수건을 잡기 전에 풀리지 않고 딴딴하게 뭉쳐 있도록 접었다.

어떤 일이든 노력하는 양이 쌓여야 질적인 향상이 있다. 어떻게 하면 물수건을 다 말았을 때 짱짱하면서도 옆면이 골뱅이 나선형으로 동글동글하게 예쁜 모양이 나올까 고민했다. 여러 번 반복해서 물수건을 접어 보는 수밖에 없었다. 그 다음에는 물수건에 붙어 있는 미세한 실밥이 손님에게 보이지 않도록 방향을 바꾸면서 접었다.

물수건 접는 일이 손에 익숙할 때 목표를 정했다.

'10분 안에 물수건 50개를 접자'

시간을 단축하는 것을 목표로 잡았다. 물수건 접는 일에 시간을 줄이면 다음 일을 여유 있고 수월하게 할 수 있다.

스시 집에서는 오차를 뜨겁게 끓인다. 따뜻한 음료는 손님이 접객을 받는 느낌을 준다. 차가운 오차를 주문한 손님에게는 시원하게 낸다.

"오차 빨리 내와!"

선배가 물이 아직 끓지 않았는데 오차를 서둘러 내오라고 한다. 늦었다고 혼나는 상황에 처할 때가 있다. 일을 시킨 사람은 오차가 미지근한지 따뜻한지 확인할 틈이 없다. 혼나기 싫어서 그 순간만 모면하려고 미지근한 오차를 낼 수도 있지만 그렇게 하지 않았다.

손님을 접객하려고 오차를 만드는 것이지 선배에게 잘 보이려고 하는 일이 아니다. 손님은 오차를 마시면 따뜻한지 아닌지 바로 안다. 손님을 속일 수가 없다. 당장 혼나는 상황을 피하려고 끓지도 않은 물에 오차를 타면 안 된다.

"지금 물을 끓이고 있습니다. 1분 뒤에 가져다 드리겠습니다."

솔직한 말로 상황을 설명했다. 누가 시키는 일을 하는 게 아니라 내가 맡은 일을 한다.

일의 목적에 충실하면 목표가 명확하다. 큰 일 작은 일이 따로 없다. 내가 맡은 할 일을 최선을 다해 할 뿐이다.

태도는 하루아침에 생기지 않는다. 한번 자리 잡은 태도는 쉽게 변하지 않는다. 태도가 마인드가 되는 과정이다.

열등감 아웃

　　카운터에서 처음 스시를 짓기 시작했을 때 단골손님이 말했다. "그런 단어는 고급 스시 집에서 안 쓰는 게 좋아요."

　말실수를 했거나 불량한 말을 쓴 것은 아니었다. 뉘앙스의 차이였다. 오마카세 식당의 셰프에게 어울리지 않는 말투였다.

　부족한 점을 지나치지 않고 말해 준 손님이 고마웠다. 감사하다고 인사했다.

　나도 모르게 배어 있는 고쳐야 할 습관이 있었다. 일본어 훈련을 받았다고 생각했는데 충분하지 않았다.

　쉬운 예로 이런 상황이었다. 고급 한정식 식당의 일본인 요리사가 "감사합니다"로 말하지 않고 "감사하무니다"라고 말한 것이다. 한식이 맛있어도 일본인 요리사의 어눌한 한국말은 기억에 남을 수밖에 없다.

카운터에서 손님과 대화를 하려면 일본어가 능숙해야 한다. 단순한 언어 능력뿐만 아니라 말투와 억양 등이 고급 오마카세 셰프의 수준에 맞아야 한다.

　입장을 바꿔서 생각하니 받아들이기 쉬웠다. 손님이 어렵게 예약을 하고 몇 달을 기다려서 비싼 스시를 먹으러 왔는데 카운터 셰프의 말이 어설프다면 어떨까.

　의사소통이 되기는 하지만 어딘가 모르게 자연스럽지 못해서 답답할 것이다. 가게에 대한 신뢰감이 떨어지고 불편한 마음으로 이어질 수 있다.

　손님이 안정감과 편안함을 느낄 정도로 일본어를 잘하고 싶었다. 실력 있는 일본어 과외 선생님을 구했다. 월급의 대부분을 과외비에 썼다. 1:1 수업을 하면서 억양과 발음을 정확하게 익히려고 애썼다. 잘못된 말투는 교정을 받았다. 선생님은 일본 문화와 배경 지식을 함께 알려 주었다. 이야기가 흥미로웠고 일본어를 배우는 데 유익했다.

　자전거로 출퇴근을 하면서 과외 선생님에게 배운 대로 일본어 연습을 했다. 습관으로 굳어진 말투와 억양을 고치려고 노력했다. 일본 드라마와 영화를 많이 보면서 일본어 표현을 익히고 따라서 말했다.

　밥을 먹을 때나 자려고 누울 때, 혼자 있을 때도 일본어가 귓가를 맴돌았다. 환청이 들렸다. 6개월 정도 과외 수업을 받고 복습을 열심히 했다. 잘 고쳐지지 않는 발음은 반복해서 따라 읽었다.

영업시간에 손님이 오면 일본어 말하기 실전이 시작되었다. 선생님이 가르쳐 준 대로 암기했다가 손님과 대화할 때 적용했다.

어느 날 오랜만에 식사하러 온 손님들에게 일본어가 몰라보게 늘었다는 칭찬을 들었다. 심야에 열린 스시 테스트에서 합격했을 때만큼 기뻤다.

지금도 일본인만큼 일본어를 할 수 있는 것은 아니지만 못한다는 열등감은 극복했다. 남보다 부족한 점을 발견하면 위축되는 게 당연하다. 단점을 채워서 극복하면 오히려 자신감을 얻는다.

열등감을 평생 끌어안고 살 것인지, 이겨내고 새로운 기회를 얻어 성장할 것인지는 자신의 선택이다.

열등감이 없는 사람은 없다. 다른 사람 앞에서 감출 수는 있어도 스스로 느낀다. 어찌 보면 열등감은 준비가 되지 않아서 위축된 마음이다. 자연스러운 반응이다. 남들보다 못하는 게 아니라 아직 해 보지 않았거나 시간이 더 필요한 상황일 수 있다.

열등감은 상대적이다. 주위 사람과 비교하면 열등감에 쉽게 빠진다. 나는 누군가를 부러워하는데 또 다른 누군가는 나를 부러워한다.

열등감이 생길 때는 자기 부족함을 직면할 용기가 필요하다. 솔직하게 부족한 부분을 인정하고 받아들이면 무엇을 어떻게 해야 할지 방법이 보인다.

위축된 상태에 머물러 있지 않고 행동할 수 있게 된다. 노력하는 과정에서 성취감을 맛보고 자신감이 생긴다. 몇 번 이 과정을 반복하면 습관이 된다. 어느새 열등감이 옅어진다.

국화꽃 멘탈

　　　어느 해 봄날 벚꽃이 지는 모습을 보면서 허무함이 밀려왔다. 새벽에 나가서 밤에 퇴근하니 봄꽃이 피는지 지는지도 몰랐다. 가게 있느라 대낮에 밖에 나올 일이 거의 없어서 봄꽃을 볼 틈이 없었다.

　매주 월요일은 가게의 정기휴무일이다. 쉬는 날이지만 시장에 갈 일이 생기기도 하고, 단골손님의 급한 예약이 잡히면 거절할 수 없어서 일을 했다. 휴식이 충분하지 않은 생활이었지만 건강한 취미를 찾았다.

　도쿄에는 무료로 관람할 수 있는 박물관과 미술관이 많다. 쉬는 날 가서 작품을 보면 마음이 편안해진다. 예술의 세계를 다 이해하지 못해도 보는 것만으로 위로가 된다. 작품을 보는 나만의 안목이 길러진다.

인간은 눈에 보이는 것으로 남들과 비교하면서 우월감과 열등감을 느낀다. 형제자매와 친구 사이라도 집과 자동차, 건물과 토지 등 수치화된 자산으로 서로 비교하기 쉽다.

하루하루 최선을 다하는데 눈에 보이는 성취가 없다면 힘이 빠진다. 일을 한 만큼 결과가 나오지 않으면 낙심하고 좌절한다. 현실을 견디기 힘들다.

스시를 배우는 수행 기간은 힘들었다. 친구들은 좋은 집과 자동차를 사고 결혼해서 가정을 일구었다. 그 모습을 지켜보며 지금 걷고 있는 길이 맞는지 불안했다. 상대적 박탈감을 느꼈다. 언제쯤 안정된 삶을 살 수 있을지 고민하던 시절이었다.

책에서 본 국화꽃 이야기가 생각났다. 국화를 좋아해서 기억에 오래 남았다.

봄날에 많은 꽃들이 경쟁하듯이 하루가 다르게 속속들이 핀다. 국화꽃은 첫 서리가 내릴 때 피기 시작한다. 다른 꽃들이 지는 쌀쌀한 날씨에 핀다. 남들처럼 일찍 꽃봉오리를 틔우지 않고 자기 속도로 꽃을 피운다. 다른 꽃들이 한창 아름다움을 뽐내는 봄에 피지 않고 자기 길을 걷는 국화가 멋있게 느껴졌다.

국화꽃을 보면서 다짐했다. 스시를 배우는 시간이 오래 걸리고 결과가 나오기까지 더뎌도 남들과 비교하지 않기로 마음먹었다. 나의 때에 맞는 꽃을 피우는 인생을 살자고 스스로 다독였다.

벚꽃을 보며 느낀 허무함이 국화꽃으로 위로가 되었다. 남을 기준으로 삼고 비교하면 자만하거나 실망한다. 자신을 기준으로 삼으면 흔들리거나 방황하지 않는다.

마음속에 '국화꽃 멘탈'이라는 이름을 지었다. 그 이름이 수행 기간을 견디는 데 큰 힘이 되었다. 자신의 중심을 지키며 인생을 살려는 후배들에게 국화꽃 이야기를 전한다. 굳건한 소신으로 인내하면 봄이든 겨울이든 언젠가는 인생의 꽃을 피울 수 있다.

일본에서 사람들이 언어와 문화가 다른 외국인이라 상대해 주지 않았을 때도 장애물에 막혔다고 여기지 않았다. 나의 가치를 보여주는 일은 시간이 걸릴 뿐 불가능한 일은 아니었다.

지금도 마음먹은 일은 보폭이 짧고 속도가 느려도 한 걸음씩 앞으로 나아가려고 노력한다.

3
.

일에 최선을 다하다

3초 안에 결과를 아는 일

나는 카운터 스시 식당을 운영한다. 모든 순간이 생생한 라이브다. 주방에서 스시를 만들지 않고 카운터에서 손님의 얼굴을 보고 대화를 하며 스시를 만든다. 손님도 테이블이 아닌 카운터에서 셰프를 보면서 스시를 먹는다.

카운터 스시는 맞춤 서비스다. 정해진 메뉴와 매뉴얼이 없다. 손님에게 맞춘다. 겉으로 볼 땐 7명의 손님이 똑같이 먹는 것처럼 보이지만 그렇지 않다. 메뉴와 먹는 속도가 각기 다르다. 한정된 생선으로 손님이 좋아하는 것을 조리해서 낸다.

카운터 스시 셰프는 손님의 반응을 3초 안에 알 수 있다. 맛의 결과를 눈으로 본다. 매력적인 일이다. 다른 음식과 차이점이다. 세상에 이런 일이 또 있을까 싶다.

농사를 지어도 추수할 때까지 기다려야 하고 사업을 해도 수

익이 날 때까지 짧게는 몇 달, 길게는 몇 년을 기다려야 한다.

즉석에서 만든 스시는 몇 초 안에 손님 입에서 승부가 난다. 일의 성패를 바로 알 수 있다.

오마카세 스시는 업장마다 내는 방식이 다르다. 셰프의 성향이 드러난다. 나는 단품 요리가 적고 스시가 주를 이룬다. 에도마에 스시 전통의 틀을 지키기 위해서다. 간혹 손님의 요청에 따라 코스를 변형하기도 한다.

손님이 앉자마자 호불호와 알레르기의 유무를 확인한다. 손님의 눈동자가 나를 지켜본다. 건강한 긴장감이 공간을 맴돈다. 셰프는 한순간도 마음을 내려놓지 않는다. 손님에게 최고의 퍼포먼스를 보여주기 위해 매 순간 노력한다.

손님이 느끼기에 오마카세의 공간은 현실과 분리된 여유로운 공간이 되어야 한다. 셰프는 손님에게는 100퍼센트, 120퍼센트 여유를 주어야 한다.

셰프는 손님의 얼굴을 보면서 스시를 만들고 맛에 대한 반응까지 본다. 손님은 스시가 탄생하는 전 과정을 함께 지켜본다. 손님 앞에서 생선을 잘라서 바로 만들기 때문에 깨끗하고 신선하다. 손님을 속일 수 없다.

주방에서 음식을 만들고 서빙하는 사람의 손을 거쳐 먹는 음식과 다르다.

스시를 먹는 손님의 표정을 살피면 긴장감이 맴돈다. 마음을 졸이며 기다리는 순간이 있어서 좋다. 손님에게는 긴장한 티를 내지 않는다.

입맛은 주관적이다. 모든 손님의 입맛을 맞출 수는 없다. 아무리 유명한 셰프가 한 음식이라도 입맛에 맞지 않으면 맛이 없다.

스시를 먹고 표정은 흡족하지 않은데 맛있다고 말하는 손님이 있다. 눈앞에 있는 셰프가 무안할까 봐 예의상 말한다. 손님의 입장이 이해가 된다. 내가 손님이어도 그럴 것이다.

어린이 손님이 가장 솔직하다. 거짓말을 못한다. 거짓말을 할 이유가 없다. 사회적 체면과 이해관계가 없으니 여과 없이 말한다. 어린이 손님이 맛있다고 하면 뿌듯하다.

스시를 만드는 일이 돈을 벌기 위한 수단이 아니라 좋다.

'오늘 처음 오는 손님은 어떤 분일까? 손님한테 스시가 맛있어야 할 텐데'

내가 하는 일은 매일 긴장감을 갖는 일이다. 손님을 맞이하기 전, 영업을 준비할 때 느끼는 설렘이 있다. 아무리 힘들어도 손님이 들어오면 에너지가 생긴다. 준비한 생선을 마음껏 요리해서 펼쳐 내보일 시간이 좋다.

출근과 근무 시간은 괴로워서 퇴근만 기다리는 사람들이 있다. 그에 비해 나는 즐겁게 할 수 있는 일을 찾았으니 행운이다. 스시를 쥐는 업은 나의 천직이다.

일은 정체성이다

　　밴쿠버 동계올림픽 피겨 스케이팅에서 세계 신기록으로 금메달을 딴 김연아 선수에게 질문이 쏟아졌다. 기자들이 연습할 때 무슨 생각을 하면서 훈련에 임했냐고 묻자 김연아 선수가 답했다.

"무슨 생각을 해요? 그냥 하는 거지."

'그냥' 한다는 건 아무 생각 없이 하는 것이다. 좋고 싫고, 하고 싶고 하기 싫고의 구분이 없다. 잘할 수 있을까, 못하면 어쩌지 등의 감정에 영향을 받지 않는다.

처음에 일을 시작해서 배울 땐 적응하기 바빴다. 좋아하는 일이라는 확신은 있었지만 상대적으로 실력이 크게 늘지 않았다. 나에게 맞는 일일까 의문이 들고 답답했다. 다른 사람의 반응과 평가에 눈치를 보면서 갈피를 잡지 못했던 때가 있었다.

생선을 같은 크기로 보기 좋게 잘라야지, 밥 위에 생선을 예쁜 모양으로 얹어야지 등 머릿속이 복잡했다. 썰어 놓은 생선 크기가 제각각이거나 모양이 엉망이면 다음 일이 잘 안 풀렸다.

어떻게 하면 다른 사람의 눈에 예쁘고 멋있게 보일까 의식을 하다 보니 본연의 일에 집중하기 힘들었다. 실수를 하면 당황해서 마음을 흐트러진다. 생각한 대로 일이 안 되니 불안하고 초조하다.

일의 양이 쌓여서 숙달이 되니 몸이 자동으로 움직였다. 일의 흐름이 순조롭게 흘러갔다.

남의 시선을 신경 쓰기보다 맛있는 스시를 만들고 싶다는 생각이 강해졌다. 나에게 기준을 맞추니 스시의 겉모양도 자연스럽게 좋아졌다. 의지가 반영된 형태였다.

언제부터라고 단정할 수는 없다. 컨디션이 안 좋아서 몸이 아픈 날, 잠이 부족해서 졸린 날에도 평소처럼 일을 할 수 있었다.

가게에서 매일 새로운 사람을 만난다. 기업의 회장부터 전문직 종사자, 운동선수, K팝 그룹 멤버 등 다양한 직군의 손님들이다. 한 분야에서 탑을 찍은 사람들, 대가들에게는 공통점이 있다.

일이 그들의 정체성이다. 자신과 일을 하나로 여긴다. 수식어나 말이 필요가 없다. 일이 수단이 아니라 존재이고 삶이다. 모두 일을 소중하게 여기고 남다른 노력을 한다.

그렇다고 일에 파묻혀 지치고 힘들게 사는 게 아니라 삶을 즐기며 최선을 다한다.

또 하나 중요한 공통점이 있다. 자신을 대하는 태도와 남을 대하는 태도가 일치한다.

'내가 누군지 알아?' 하며 다른 사람 위에 군림하려고 하지 않는다. 다른 분야 전문가의 전문성을 존중한다. 듣고 배우려는 자세가 있다.

어느 날은 이름만 대면 알 만한 우리나라 대기업 총수가 손님으로 왔다. 그는 나이가 한참 어린 내게 말을 높이고 정중한 인사를 했다.

"잘 먹겠습니다."

"잘 먹었습니다. 감사합니다."

짧은 말에서 진심과 인품이 느껴졌다. 멋있었다. 사람을 대하는 태도를 배우고 싶었다.

일을 대하는 마음이 자존감이 된다. 자존감이 건강한 사람은 자신의 일을 소중히 여기는 만큼 다른 사람의 일도 존중한다. 대하는 사람에 따라 태도가 달라지지 않고 늘 한결같다.

일에 대한 건강한 생각은 자신의 정체성이 된다. 함께 있는 사람에게까지 선한 영향력을 미친다.

매일 즐거운 마음으로 일하려고 노력하지만 내게도 가끔 대하기 어려운 손님이 있다. 스시를 먹으러 온 것인지, 이야기를 하러 온 것인지 구분이 안 가는 손님이다.

조금 다른 각도에서 손님이 보이기 시작했다. 어느 순간 그 손님은 자신의 이야기를 나에게 말한다. 들어 달라는 뜻이다. 내가 마음을 털어 놓는 상대로 뽑힌 것이다. 그렇게 받아들이니 마음이 편해졌다. 다양한 손님을 품는 것도 나의 일이요, 정체성이다.

양손에 우주를 담다

스시는 맨손으로 만든다. 장갑을 끼지 않는다. 양손에 밥과 생선이 직접 닿는다. 나의 온전한 기가 하나된 양손 사이에 모두 들어갈 수 있도록 집중한다.

한 손으로는 스시를 만들 수 없다. 왼손과 오른손이 딱 붙어서 만났을 때 스시가 탄생한다. 나의 기운이 스시 한 곳으로 모이는 순간이다.

온몸의 기운을 스시에 담는다. 불순한 마음을 품거나 화가 났을 때 스시를 쥐면 긍정적인 에너지가 아니라 독이 들어간다. 마음 수련은 필수 코스이다.

오로지 손님을 위한 마음으로 스시를 쥔다. 손님에게 맛있는 것을 내고 싶은 애정이다. 거짓이 아닌 정직한 스시는 요리사의 혼이 깃든 예술 한 점이다.

스시는 먹는 예술이다. 나는 예술을 하고 손님은 예술을 즐긴다. 스시를 즐기는 동안은 소통과 감동이 존재한다.

손님이 아무것도 느끼지 못하면 스시는 그저 피사체, 한 끼 때우는 식사에 불과하다. 셰프가 어떤 마음으로 스시를 냈는지 일일이 다 설명하지는 않는다.

예술 작품에서 에너지를 느끼듯이 스시 하나에 깃든 심정을 손님이 알아주는 것만큼 보람된 일은 없다.

장인은 과정에 혼을 담는다. 결과와 과정을 함께 중요시한다. 완성품을 만들자가 아니라 혼을 불어 넣자는 마음으로 임한다.

눈을 감고 집중하는 시간이 있다. 좋은 기운을 불어넣는 것이다. 하루에 몇백 개의 스시를 쥐지만 밥알 하나하나에 혼을 불어넣는다는 절박한 심정으로 한다.

요리사의 건강한 혼이 맛있는 음식의 비결이다. 부정적인 감정과 거짓된 생각으로 만드는 음식이 좋은 맛을 내기는 어렵다.

일에 대한 자신의 기준을 높게 잡으면 남에게는 몇 배의 만족을 준다. 진심을 다해서 최선을 다하는 것이 최고의 기준이다.

귀한 걸음을 한 손님들에게 최고의 맛을 선사하는 것이 요리사의 사명이다. 스스로 세운 기준을 지키면 맛있는 스시를 낼 수 있다. 아무도 눈치를 못 채도 스시에 대한 예의를 지키고 싶다.

작은 우주가 내 손안에 있다. 손님에게 우주를 담은 음식을 낸다.

스시 초능력

어렸을 때 판타지 만화를 많이 읽어서 초능력을 동경한다. 인간이 가질 수 없는 강력하고 신비한 능력이다.

무엇으로 스시를 쥐어도 손님을 감동시킬 것 같은 날이 있다. 생선의 꼬리만 있어도 맛있는 스시를 만들 수 있을 것 같은 날이다. 내 능력을 넘어서는 수준으로 일이 잘되는 날이다.

'스시의 신'이 내려온 날이다. 자신감으로 충만하다. 한 달에 한 번 올까 말까 한다. 만화처럼 눈에서 레이저 빛이 나오고 머리 뒤로 오로라 후광이 비추지는 않는다.

좋아하는 단골손님이 예약한 날이다. 새벽 시장에 가니 생선이 원하는 대로 놓여 있다. 가게로 오면 매일 지각하는 직원이 무슨 일인지 일찍 출근해서 일하고 있다.

모든 상황이 바라는 대로 딱 맞아떨어진다. 몸과 마음의 컨디션이 최고조에 이르렀다는 확신이 든다. 요즘 말로 '촉'이 온다.

그날은 준비한 스시의 절반만 내도 손님을 감동시킬 것 같다. 1년에 몇 번 없는 날이다.

항상 일하기 편한 상태에 있으면 좋겠다는 생각을 하다가 문득 깨달았다. 외부 환경에 영향을 받는다는 것은 내면이 아직 성숙하지 못하다는 뜻이다.

스시의 신은 자기 절제력이다. 초능력은 내 안에 있다. 잘되는 날과 그렇지 않은 날의 차이는 내가 결정하는 것이다. 환경이 아니다. 실력을 키우고 내면을 다스리면 된다.

생선을 보는 눈이 좋으면 오늘보다 내일 더 좋은 생선을 고를 수 있다. 원하는 생선이 시장에 없어도 솜씨와 기량이 좋아지면 주어진 생선으로 맛있는 스시를 만들 수 있다.

직원이 말썽을 부리면 화를 내지 않고 알아듣게 조언하는 방법을 찾아야 한다. 불편한 손님이 와도 마음을 다스리고 추슬러서 평소처럼 하던 일을 하면 된다.

최상의 맛을 내는 스시를 만들려면 경험을 쌓으면서 꾸준히 공부해야 한다. 현재에 안주하지 않고 배우는 자세가 중요하다. 늘 최상의 스시를 만드는 것, 한 달에 한 번 올까 말까 한 스시 초능력의 날을 매일 맞이하는 것이 나의 인생 목표다.

스시 맛의 정점을 찍을 날이 언제가 될지 모른다. 50대가 될지 60대가 될지 알 수 없다.

전문성과 자기 통제력이 핵심이다. 실력이 더 늘면 자신감이 높아질 것이다. 자신감은 모든 면에 긍정적인 영향을 준다. 단, 자신감이 오만함으로 변하지 않아야 한다.

상황이 원하는 대로 갖춰지면 좋겠지만 외부 요인일 뿐이다. 환경과 무관하게 마음을 잡고 다스리는 게 중요하다. 현실을 압도하는 자기 통제 능력을 키우고 싶다. 그러려고 노력 중이다.

전문성이 성장하고 내면이 성숙한 셰프가 되면 하루에도 몇 번씩 스시 초능력이 임할 것이다.

만화책에 감명을 받아 도쿄까지 왔다. 스시의 세계에 푹 빠졌다. 좋아하는 일을 하면 성장할 수 있다는 자신감이 있었다.

내 안에 존재하는 에너지를 알고 믿는다. 에너지를 어느 방향으로 쓸 것인가에 깊이 고민한다. 하나에 꽂히면 최고가 될 생각으로 전진한다. 그 외의 다른 일에는 고민을 오래 하지 않는다.

천천히 배부름의 미학

영어에 '익스큐즈 미Excuse me'가 있다면 일어에 는 '스미마셍すみません'이 있다. 길을 가다가 살짝 부딪히면 온몸에 문신을 한 야쿠자도 예외 없이 "스미마셍"이라고 말한다. 상대방 을 탓하지 않고 미안하다는 사과의 표현을 한다.

일본에서 15년을 살았다. 뒤차 운전자의 험한 말과 빵빵거리는 소리를 들은 적이 없다. 앞차가 좀 늦게 간다고 뒤차 운전자가 욕 을 하거나 경적을 울리지 않는다.

이런 삶의 모습이 어느새 자연스러운 일상이 되었다. 사람의 성 향이 각기 다른데 어떻게 같은 행동을 할 수 있을까. 배려심이 있 어서다.

같이 부딪혔지만 사과를 하는 이유는 남에게 피해를 주지 않 고 싶은 마음에서 비롯된다. 상대방의 입장에서 상황을 헤아려

보는 여유가 있어서다. 앞차가 천천히 가도 싫은 티를 내지 않는 이유도 기다릴 줄 아는 여유가 있어서다.

일본의 오마카세는 식사 시간이 넉넉하다. 내가 운영하는 가게는 점심은 한 타임만 손님을 받는다. 낮 12시에 시작해서 2시 30분쯤 끝난다. 저녁 1부는 5시 30분에 시작해서 7시 30분쯤 마치고 2부는 8시에 시작해서 밤 10시쯤 마친다.

어느 한 손님이 다른 고급 스시 집에 갔을 때 이야기를 들려줬다. 뒤에 손님이 없는 늦은 저녁 식사를 했는데 1시간 안에 코스가 끝났다고 한다.

아직 스시를 먹지 않았는데 옆에 다음 요리가 쌓이니 마음이 조급해졌다는 것이다. 눈치가 보이고 빨리 먹으라고 재촉하는 것 같아서 불편했다고 한다.

시간에 대한 생각은 상대적이다. 어떤 사람은 1시간을 적정한 시간으로 느끼지만 다른 사람은 촉박하게 느낀다.

우리 가게에 와서 스시를 먹을 기회가 있다면 천천히 배부름의 미학을 느끼길 바란다.

"평소에 여유롭게 식사할 기회가 많지 않으시죠? 천천히, 충분히 공간을 즐기시기 바랍니다. 저는 손님이 앉으시면 그때부터 생선을 썰기 시작합니다. 마음의 여유를 갖고 편안히 맛있게 드시면 됩니다."

식당에서도 마음이 급한 사람이 많다. 음식이 빨리 안 나오면 테이블에 있는 벨을 계속 누른다. 함께 온 사람과 이야기를 나누며 기다릴 수도 있는데 막연한 조급함이 있다.

우리 가게에 온 손님들은 식사 시간만큼은 여유롭게 세상과 단절되어 즐긴다. 긴 시간 같지만 막상 있어 보면 길지 않다. 스시가 나올 때마다 궁금한 점을 셰프에게 묻고 답을 들어도 된다.

유명한 드라마 작가의 인터뷰 기사를 본 적이 있다. 시청자들이 자신이 쓴 드라마를 볼 때만이라도 카드값 걱정을 안 했으면 좋겠다는 말이 인상적이었다.

나도 같은 마음이다. 손님들이 스시를 먹을 때만큼은 걱정 근심을 모두 잊고 즐겼으면 좋겠다. 천천히 배가 불러서 언제 포만감이 생겼는지 모를 정도로 말이다.

노력이 재능이다

오마카세는 한 번에 먹고 끝내는 식사가 아니다. 연이어 메뉴가 나온다. 식재료가 다른 스시를 코스로 낸다. 먹는 분위기는 흐름에 좌우된다.

맛있게 먹다가 흐름이 끊기면 앞에 먹었던 음식 맛을 잊는다. 먹는 데 집중이 안 되고 분위기가 겉돈다. 오마카세는 식사의 흐름이 중요하다. 오마카세 셰프는 맛과 분위기를 책임진다.

스시 카운터에 서면 사람을 잘 볼 수 있는 눈이 필요하다. 초보자에게는 어려운 일이지만 스스로 연구하고 훈련하면 된다. 초석을 대충 쌓으면 집이 무너진다. 처음에 일을 배울 때 게을리 하지 않고 집중해야 한다.

회사 선배에게 손님을 보는 눈을 기르기 전에 가족과 친구, 동료를 대상으로 훈련하라는 지시를 받았다.

주변 사람들에게 관심을 두고 손님처럼 대하라는 뜻이다. 사내에서는 선배가 무엇을 좋아하고 싫어하는지 어떤 습관을 가졌는지 파악하는 훈련을 했다. 선배가 김을 좋아하는 걸 알고 있다면 달라고 말하기 전에 가져다 주었다.

손님 앞에서 연습은 없다. 실전에서 실력이 나와야 한다. 실수도 실력이다. 사회 초년생의 실수는 용서받을 수 있다. 프로의 실수는 경력에 심각한 타격을 입힌다. 신뢰가 깨지는 일이다. 실전에서 맞이하는 실수는 두려운 일이다.

실수를 만회하기 위해서는 몇 배의 노력이 필요하다. 후임들에게 두 번 세 번 강조하여 연습을 시키는 이유도 초석을 잘 쌓기를 바라는 마음에서다.

일을 배울 때 셰프들이 스시를 쥐면서 손님과 대화하는 모습이 놀라웠다. 차분하고 온화한 분위기였다. 손님의 말을 대충 건성으로 듣지 않고 경청하며 한 명 한 명 응대했다.

스시가 순서대로 착착 나오고 셰프와 손님은 화기애애했다. 자칫하면 흐름이 엉망이 되기 쉬운데 우왕좌왕 분주하지 않았다.

수련할 때 몸이 정말 피곤한 날은 졸면서 스시를 쥐었다. 그때는 생선을 자로 잰 듯이 같은 크기로 써는 선배를 보면 대단해 보였다. 사람이 기계가 아닌데 어떻게 저럴 수 있을까 경이로웠다.

누구나 배우는 과정은 힘들다. 잘하려고 열심히 했지만 하나하나 결과가 안 좋았다. 생선을 예쁘게 썰어 봐야지 작정하면 속도가 더뎠다. 시간을 줄이면 생선 모양이 엉망이었다. 마음을 졸이며 긴장해도 안 되는 일이 많았다.

어느 순간부터 손이 가는 대로 일을 했다. 맛과 식감을 고려해 생선의 두께를 계산하고 칼질을 하지 않는다. 생각하면서 일하지 않는다. 하다 보니 일이 되었다.

지금은 손님이 내게 묻는다. 전혀 다른 여러 가지 일을 어떻게 동시에 할 수 있냐고 한다. 생선을 썰고 스시를 쥐면서 손님과 대화를 한다. 주방에 있는 직원들에게 필요한 일을 시킨다. 잘하고 있는지 진행 상황을 점검해야 카운터에서 스시를 만드는 데 지장이 없다.

스시의 세계로 들어온 지 20여 년이 되었다. 생선을 같은 크기로 썰어서 스시를 쥐고 손님과 편하게 대화하는 것은 재능이 아니다. 반복된 연습으로 가능한 일이다.

한석봉의 어머니가 불을 끄고 똑같은 간격으로 떡을 썬 것은 솜씨를 과시하려고 한 게 아니다. 꾸준함과 몸에 밴 익숙함, 습관을 보여 준 것이다.

어떤 일을 수없이 많이 하다 보면 몸에서 자동화가 된다. 비범한 능력이 아니다. 누구나 할 수 있다. 밥을 먹으면서 전화 통화를 하듯이 자연스러운 일이다.

큰 목표, 작은 실행

'달을 맞히려고 화살을 쏘면 독수리를 맞히고, 독수리를 맞히려고 하면 아무것도 맞히지 못한다'라는 말이 있다.

목표는 높을수록 좋다. 목표는 사람을 움직이게 한다. 지금 당장 어떤 노력을 기울이지 않아도 마음 한구석에 책임감이 생긴다. 행동 없는 책임감이 부담이 되는 순간 목표를 향해 움직인다.

목표를 이루는 일은 불가능해 보일 수 있다. 설사 그렇다고 해도 목표를 이루기 위한 노력은 할 만하다. 작은 일이라도 실행하면 성장하는 자신의 모습이 뿌듯하다.

목표는 눈에 보이지 않는다. 언제 이루어질지 모른다. 이루어지기 전까지는 실체가 없는 생각에 불과하다. 생각에 머무르지 않고 꾸준히 행동해야 가시화된다. 목표한 지점에 가까워져야 이룰 수 있다.

아무것도 하지 않으면 몸은 편하지만 걱정이 커진다. 잡념이 많아진다. 자기 정체성이 흔들리고 삶의 방향성을 잃는다.

도쿄에서 스시를 만드는 사람이 되자는 목표도 생각에 불과했다. 뭔지도 모르는 음식을 잘 만들고 싶다는 생각은 허무맹랑한 바람이었다.

고등학생 때 횟집 설거지 아르바이트를 시작으로 크고 작은 도전을 했다. 도전은 행동이었고 실행의 연속이었다. 미래는 불안하고 불확실했지만 가만히 있을 수 없었다. 선택을 할 때 마음에서 진심으로 원하는 것, 하고 싶은 것을 택했다.

일본에서는 '찬스의 신'이 있다고 믿는다. 찬스의 신은 앞머리만 있고 뒷머리가 없다. 뒤에서 보면 우리 회사 사람들처럼 삭발한 모습이라고 한다.

찬스의 신을 잡으려면 손을 뻗고 잡을 준비를 하고 있어야 한다. 복싱을 하는 것처럼 손을 뻗을 준비를 하고 있어야 한다. 스쳐지나가는 신의 앞머리를 잡기 위해서다. 한 발짝 늦으면 뒷머리가 없어서 못 잡고 놓친다. 찬스의 신은 항상 쉼 없이 빠르게 움직인다. 앞머리를 잡으려면 기회를 엿보다가 낚아채야 한다.

잠자리는 일정 높이 이상을 날지 못한다. 내가 잠자리 같았다. 현실적인 제약이 있었지만 큰 목표가 있었다. 재능과 재력 어느 것 하나 가진 것이 없었지만 용의 등에 올라타면 그 이상 날아갈 수 있으리라 믿었다.

카네사카 사장을 만났을 때 찬스라는 것을 알았다. 그 찬스를 놓치지 않기 위해 간절히 "간바리마스"를 외치고 또 외쳤다.

일을 시작할 수 있는 기회를 잡고 용의 등에 올라타 하늘로 비상하기 위해 노력했다.

기회는 머리만 있고 꼬리가 없다. 목표가 있는 사람이 기회를 잡는다. 꿈과 비전을 정해 놓으면 기회가 보인다. 평소에 의식하지 않고 사는 것 같아도 목표는 분명히 머릿속에 있다.

목표를 위해 노력하는 사람은 앞으로 나아간다. 실행하는 삶을 산다. 고등학생의 설거지 아르바이트와 도쿄의 스시 셰프는 연관성이 없어 보인다. 동떨어져 보이지만 같은 선상에 있기에 목표 지점에서 만났다.

의미 없는 고생은 없다

'돈 많은 백수'가 꿈인 아이들이 있다. 쉽고 편하게 살고 싶은데 고생하기는 싫은 것이다. 백수가 돈이 많으려면 어디서 받든지, 미리 벌어 놓든지 해야 한다.

내가 자랄 때만 해도 장래 희망이 대통령, 과학자, 선생님 등인 친구들이 많았다. 실현 가능성은 낮아 보여도 이상적인 꿈을 꾸었다. 자신의 정체성을 나타내는 직업에 대한 가치관이 있었다. 인생은 심은 대로 거두는 법인데 노력의 가치가 퇴색된 시대에 살고 있는 듯하다.

『미스터 초밥왕』을 읽기 전에는 농사를 짓고 싶었다. 농촌에서 자라 자연에서 흙을 밟는 걸 좋아했다. 딸기 농사를 이어받고 싶다고 하자 부모님은 거절했다. 공부하라는 잔소리 한 번 안 하고, 하고 싶은 일을 하면서 살라는 부모님이 농사일은 막았다.

농사는 자연의 도움과 농부의 수고로 짓는다. 농부는 땅에 심은 씨앗과 모종이 열매를 맺을 때까지 전 과정을 함께한다. 비와 햇빛은 농사를 거든다. 그 양이 넘치지도 모자라지도 않아야 한다.

농부는 갑자기 태풍이 온다든지, 비가 많이 내린다든지, 폭염으로 날씨가 덥다든지 외부적인 환경으로 힘든 시기를 맞는다.

속상하고 억울하지만 자연이 없으면 농사 자체를 할 수 없기에 감내해야 할 몫이다.

성격상 운이 따르는 일보다 일한 만큼 결과가 나오는 일을 좋아한다. 새벽 5시에 나가서 열심히 농사를 지으면 그만큼 수확을 얻는다. 일을 안 하면 결과가 안 나온다. 손이 많이 가지만 부지런하면 먹고살 수 있다.

일을 하다 보면 고생이 아닌 것이 없다. 처음 일을 배울 때에는 허드렛일처럼 보이는 것부터 한다. 고생이라면 고생이고 경험이라면 경험이다.

요리사로서 힘든 고비가 주기적으로 찾아왔다.

요리를 시작한 1~4년 차 사람들은 손이 트는 게 가장 힘들다. 하루 종일 물과 세제를 만져서 그렇다. 손이 트면 통증이 심하다. 밤에 자고 아침에 일어나면 괜찮아졌나 싶다가 일을 시작하면 다시 아프다. 손만 나으면 세상에서 못 할 게 없을 만큼 일에 대한 의욕은 넘치는데 손이 아파서 일을 그만두는 사람들이 많다.

손이 괜찮아지면 허리와 어깨가 아프다. 오랜 시간을 서서 일하니 몸의 여러 부위가 돌아가면서 아프다.

몸만 안 아프면 좋겠다 싶으면 직원 관리가 힘들다. 직원이 잘 적응하고 가게가 안정화되었다고 생각할 때 코로나19 팬데믹 상황이 덮쳤다. 손님의 발길이 끊기고 영업시간이 제한되었다.

준비한 생선을 버리는 일이 많았다. 나가는 고정 비용은 있는데 매출이 없어서 막막했다. 테이크아웃으로 포장 음식을 팔았다.

종류만 바뀔 뿐 힘든 일은 끊이지 않는다.

자신의 분야에서 성공한 손님들을 만나면 부와 명예보다 먼저 보이는 게 있다. 고생한 시간이다. 땀과 눈물로 얼룩진 세월의 무게를 존중하게 된다. 화려한 현재보다 지난날의 이야기가 궁금하다. 얼마나 힘들게 노력했을까 과정을 듣고 싶다.

일을 수행으로 임하고 정체성이 건강한 이들의 경험을 들으면서 영감을 얻는다. 프로정신이 느껴진다.

평소에 스티브 잡스의 말에서 많은 영감을 받았다.

'세상을 바꾸는 사람들은 세상을 바꿀 수 있다고 확신하는 미친 사람들이다!'

자신만의 확고함이 있는 사람들은 정상에 섰을 때에도 실패를 두려워하지 않는다. 남들이 뭐라고 하든 새로운 도전을 한다. 더 높이 올라가려는 추진력이 있다.

생각이 넓고 유연한 손님의 이야기를 듣다 보면 삶의 문제를 푸는 힌트를 얻는다.

나에게는 아직 모르는 생선이 많다. 다뤄 보고 싶은 생선도 많다. 맛있는 스시를 쥐기 위한 모든 재료를 알지 못한다. 오늘도 무언가를 하나 더 배울 수 있어서 좋다. 살아 있는 생에 감사한다.

슬럼프 탈출기

　　주식 시장의 주가는 상승과 하락을 반복한다. 한 치 앞을 알 수 없다. 빨간 선과 파란 선이 오르락내리락 요동친다.

　사람이 하는 일도 주식과 같다. 사람은 로봇이나 기계가 아니다. 잘될 때가 있으면 반드시 안 될 때도 있다. 결과의 상승세에 자만할 이유가 없고, 하락세에 비관할 필요가 없다.

　일을 잘하면 칭찬과 인정을 받는다. 자신감이 붙고 자존감이 올라간다. 자존감은 일에 대한 자부심을 높인다. 성과가 좋아진다. 일의 상승세다.

　슬럼프가 오면 평소에 잘하던 일도 실수가 많아진다. 한번 그 분위기에 들어가면 블랙홀처럼 빠진다. 일의 하락세를 끊어 내야 한다.

　몸이 아프지 않고 일하기 싫은 것도 아닌데 일이 잘 안 되는 때가 있다. 같은 실수를 반복하니 자꾸 혼난다. 자신감이 떨어지고 자존감이 바닥을 친다. 일을 그만둬야 하나 고민을 계속한다.

슬럼프는 심리적 문제로만 끝나지 않았다. 칼을 다루는 일이라 부상으로 이어졌다. 칼을 발등에 떨어뜨리고 손을 베어서 하루에 2번이나 병원에 간 적이 있다.

일이 안 되는 것도 힘든데 몸을 다쳐서 병원까지 가니 정신이 없었다. 영업시간에 병원에 가느라 자리를 비웠다. 일에 지장이 생겨서 회사 사람들의 눈치가 보였다.

의욕이 충만하고 잘하고 싶은데 안 되는 상황이 의아했다. 개인사로 힘든 일도 없다. 안 되는 느낌 때문에 일이 더 안 된다.

슬럼프가 주기적으로 찾아왔다. 주로 새로운 환경에 적응할 때 슬럼프가 왔다. 홀에서 일하다가 주방으로 갔을 때, 주방에 있다가 카운터로 나갔을 때였다.

일하는 장소가 바뀌니 혼나는 게 다반사였다. 일을 배우느라 적응 중인데 하루 종일 상사에게 부정적인 말을 들어야 했다.

홀에서 일이 숙련되자 주방으로 가라는 지시를 받았다. 무엇을 해도 혼이 났다. 생선을 만져도 혼나고 새우를 까도 혼났다. 주방에서 힘든 시기를 이겨 냈다.

카운터로 나와서 일을 시작하니 센스가 없다고 지적을 받았다. 불과 며칠 전까지만 해도 인정받는 직원이었는데 극과 극의 평가였다.

같은 곳에서 몇 년을 일하면 실력이 늘고 요령이 생긴다. 함께 일하는 사람들의 패턴을 읽을 수 있어서 손발이 맞는다. 잘한다고 칭찬을 받을 때 업무가 바뀌었다. 업무가 바뀔 때마다 슬럼프가 와서 이대로는 안 되겠다 싶었다.

어느 날 상사에게 혼나는 횟수를 세어 보니 15번이었다. 퇴근 후에 상사에게 혼나는 내용을 종이에 적었다. 상사마다 혼내는 포인트가 달랐다. 바닥에 쓰레기를 바로바로 줍지 않는다고 혼내는 사람이 있는가 하면 눈치가 없다고 혼내는 사람이 있었다.

반복적으로 지적받는 사항은 신경을 써서 고쳐 나가니 혼나는 횟수가 줄어들었다. 기술적인 부분은 숙련이 필요하지만 그 외의 일들은 바로잡을 수 있었다.

메모하는 습관이 항상 돌파구가 되었다. 뭔가 하고 싶은 일이 생겼을 때도 그랬고 일이 잘 안 될 때도 그랬다. 하나씩 적다 보면 생각이 정리되고 어떻게 해야 할지 할 일이 구체적으로 머릿속에 그려졌다.

일의 하락세를 멈추고 안정기에 돌입했다. 평소대로 일의 패턴을 찾았다. 자신감과 자존감이 회복되기 시작했다.

지금은 직원의 실수와 잘못을 말해야 하는 입장이 되었다. 아무리 좋은 말도 반복하면 말하는 사람이나 듣는 사람 모두 식상하다. 하물며 듣기 싫은 지적은 두말할 것도 없다.

지적을 듣는 사람이 힘든 줄 알았는데 지적하는 입장으로 바꾸니 마음이 더 복잡하다. 일이 원활히 돌아가려면 직원에게 고쳐야 할 점을 지적해야 하는데 직원이 회사를 그만둔다고 하면 어쩌나 걱정이 이만저만이 아니다. 개선할 점을 말하면 직원의 표정이 시무룩해진다. 여러 번 지적하는 내 입장도 불편하다.

직원에게 출근해서 퇴근할 때까지 하는 일을 종이에 적어 오라고 시켰다. 전체 목록을 보고 매일 체크하면서 일을 해보라고 했다. 직원은 시키기 전에 할 일을 빼먹지 않고 먼저 했다. 일을 자발적으로 하니 실수가 줄었다.

자신이 슬럼프에 빠진 것을 알아차리기는 쉽지 않다. 주변 사람이 더 먼저 알 때가 있다. 슬럼프를 겪는 사람이 실수를 하더라도 몰아세우지 말고 지혜롭게 알려 주는 게 좋다.

몸과 마음이 안정되어야 일의 상승세를 탈 수 있다. 주위의 따뜻한 격려와 인내가 슬럼프를 빨리 끝내는 비결이다.

국가대표의 마음가짐

스시 국가대표가 되고 싶었다. 한국 사람 중에 스시를 제일 잘 만드는 사람이 되겠다는 뜻이 아니다.

대한민국 대표로 일본에 와서 스시를 배운다고 생각했다. 대한민국이라는 이름에 누를 끼치고 싶지 않았다. 직장에서 잘하지 못하면 내가 욕을 먹는 게 아니라 나라를 욕보이는 행동이라고 받아들었다.

아무도 나를 국가대표라고 인정하지 않았지만 국가대표 마음가짐은 현실을 이기는 힘이 되었다. 우리 돈으로 천 원에 3개짜리 낫토를 먹으며 견딜 수 있었던 원동력도 나라를 귀히 여기는 마음에서였다.

외국에 나오면 애국자가 된다는 말이 맞다. 한국에 있을 때는 스시 업계에서 일하는 사람 중에 하나였는데 일본에 오니 나라를 사랑하는 마음이 저절로 생겼다. 정체성이었다.

회사에서 승진이 빠른 편이었지만 나보다 늦게 입사한 일본인 직원이 카운터에 먼저 설 때가 있었다. 스시를 쥐는 실력은 잦췄지만 일본어가 모국어인 동료보다 일본어를 잘할 수는 없었다.

스시를 쥐는 요리사 직급에 오르려면 일본어 능력의 차이로 준비 기간이 더 필요했다. 기분이 좋지는 않았지만 나쁘지도 않았다.

조직에 속해 있으면 누구나 겪는 일이다. 특별한 일이 아니다. 외국인이라 차별을 당한 것도 아니다. 지점을 맡아서 손님을 접객할 정도로 일본어 실력을 키우는 게 급선무였다. 부족한 점을 채우려고 부단히 애썼다.

어느 조직이든 약자를 괴롭히는 사람이 더러 있기 마련이다. 사내에 이제 막 고등학교를 졸업하고 사회생활을 시작한 몇몇 일본인 직원이 있었다. 내가 외국인이라는 이유로 반말을 하고 무시하는 태도로 대했다. 무례하게 선을 넘는 경우도 있었다.

일본에서 일하면서 나라를 대표해야 한다는 강박 관념이 있었다. 강박 관념은 말과 행동을 조심스럽게 하는 모습으로 나타났다. 나로 인해 대한민국과 국민 전체가 오해를 받으면 안 된다고 생각했다. 신중한 태도가 소극적이고 자신감 없이 위축된 사람으로 보여서 어린 직원이 무시하지 않았나 싶다.

누구에게든 말과 행동을 조심해야 한다. 서로 예의를 지키기 위해서다. 상대방이 기본적인 예의를 모른다면 분명하게 의사 표현을 해서 잘못된 점을 알려 주어야 한다.

우리나라를 대표한다는 책임감은 나를 얕잡아보면 우리나라도 얕잡아볼 수 있다는 생각으로 이어졌다. 가만히 당하고 있을 수 없었다. 한국인의 맛, 어른의 맛을 보여 줬다. 폭력이 아닌 대화로 말이다.

아직 미성숙한 친구들이었다. 평소에 보인 조심스럽고 부드러운 태도와 달리 단호하고 강경한 어조로 인생 선배로서 타일렀다. 타인을 존중하고 예의를 지켜야 한다고 말했다. 연장자에 대한 기본적인 공경의 자세에 대해서도 덧붙였다. 다행히 그들은 내 말을 알아듣고 행동의 변화가 생겼다.

국가대표 마인드는 타국에서 말과 행동을 조심하는 것에서 시작하지만 타인의 상식에서 벗어나는 태도를 무조건 참는 것을 의미하지는 않는다. 배려하는 언행이 지나치면 사람들에게 무시를 당할 수도 있다. 상황에 따라 한국인이 중요시하는 가치인 예의와 공경이 무엇인지 보여 줄 필요가 있다.

척박한 외국 생활에서 살아남는 방법 중 하나다.

자신과의 싸움

　　아름답고 멋있는 사람이라도 이상한 냄새가 나면 호감도가 떨어진다. 잘 씻지 않거나 청결하지 않은 사람이라는 인상을 준다.

　식당도 그렇다. 음식이 아무리 맛있어도 안 좋은 냄새가 난다면 다시 가고 싶지 않다. 쓰레기를 제때 버리지 않고 쌓아 두었거나 청소가 잘 안 된 집이다.

　일할 곳을 찾으러 면접을 보러 다닐 때 나도 식당을 평가했다. 식당에 들어갔을 때 좋지 않은 냄새가 나면 그곳에서는 일하고 싶지 않았다.

　스시 집에서 생선 비린내가 나는 게 당연하다고 생각할 수 있지만 전혀 그렇지 않다. 쓰레기를 바로바로 치우고 식재료를 신선하게 보관하면 냄새가 나지 않는다.

도쿄의 고급 스시 식당 대부분은 편백나무로 만든 테이블을 쓴다. 벽에는 황토를 두르기도 한다. 편백나무는 잡냄새를 잡아 주고 황토는 탈취 효과가 있다. 기본적인 인테리어를 했는데도 냄새가 나는 스시 식당은 문제가 있다.

음식점을 운영할 때 가장 중요한 점은 맛이 아니다. 위생과 청결이다. 유명한 식당 중에도 손님 눈에 보이지 않는 주방은 지저분한 곳이 많다.

항상 손님이 보고 있는 것처럼 깨끗한 환경에서 일해야 한다. 결코 쉽지 않은 자신과의 싸움이다.

스시 일은 살아 있는 생물을 다룬다. 불을 쓰고 익히는 조리 과정이 없어서 집중력과 긴장감은 필수다. 손님이 스시를 먹고 배탈이 나면 안 된다. 위생 관리에 엄격해야 한다.

잠깐 사이에 생선의 신선도가 떨어질 수 있기 때문에 세심한 관리와 손질이 필요하다. 생선을 다루는 도마는 항상 청결하게 써야 한다. 영업을 마치면 반드시 살균 소독을 한다.

음식은 몸에 약이 될 수도 있지만 독이 되기도 한다. '이 정도면 괜찮겠지'라는 생각을 버려야 한다. 음식이 아무리 맛있어도 음식을 먹은 사람이 병이 나면 안 된다.

요리의 기본은 위생을 철저히 지키는 것이다. 모든 일에는 기본이 있다. 기본, 즉 뿌리가 깊어야 오래간다. 기본을 지키는 사람은 내면이 단단하다. 끝까지 일을 잘한다. 고난과 역경이 와도

쓰러지지 않고 버틸 힘이 있다.

지금 하고 있는 일의 기본이 무엇인지 모르는 사람은 없다. 하기 싫고 귀찮은 마음만 이겨 내면 된다. 그 마음을 끝까지 지키면 세상에 못 할 일이 없다. 자신과의 싸움에서 이미 승리한 사람이다.

자기만족에서 자기헌신으로

일을 급하게 배우면 수박 겉핥기식으로 한다. 깊이가 없다. 요리에 심혈을 기울이면 속도가 늦어지지만 맛은 깊고 섬세하다. 정성을 기울여야 맛있는 요리가 된다.

'이 정도면 됐지!'

자기만족은 중요하다. 스스로 만족하지 않고 다른 사람을 만족시킬 수는 없다. 자기만족에 이르기도 쉽지 않다. 반드시 힘든 과정을 통과해야 한다.

자기만족에는 함정이 있다. 처음에는 성취감을 느끼다가 어느 순간 자아도취에 빠진다. 자기만족과 자아도취는 종이 한 장의 차이다. 동전의 양면이다.

진정한 자기만족은 자신을 객관적으로 볼 줄 아는 것이다. 스승과 잘하는 선배를 기준으로 나를 객관적으로 평가했다. 스승과 선배를 뛰어넘는 것을 성장의 목표로 삼았다.

'제자는 스승의 능력을 뛰어넘어야 은혜를 갚는 것이다'

나의 인생관 중 하나다. 이것 한 가지만큼은 스승보다 잘한다는 자신감이 생길 때까지 연습하고 노력했다. 물수건을 접든 스시를 쥐든 그들과 견주어 부족하지 않다고 느낄 때 자부심이 생겼다.

그 순간 몸에 자신감이 넘쳐나고 손님도 대번에 알아본다. 그때 비로소 자기만족을 만끽할 수 있다.

자기만족은 자신만의 색깔을 갖게 한다. 내 색깔을 나만 좋아한다면 진정한 예술이 될 수 없다. 다른 사람도 좋아하고 공감해야 한다.

내가 잘했다고 생각하는 것을 손님도 인정해야 좋은 서비스다. 음식의 맛도 그렇다. 나의 만족과 손님의 만족이 일맥상통해야 한다.

어디서 배운 얄팍한 지식을 일에 접목하면 오래가지 못한다. 잠깐 주목받을 수는 있지만 생명력이 없다. 일을 할 때 소신을 갖고 뛰어들어야 한다. 유행을 따라서 쫓아가는 게 아니라 자신의 기준과 관점에서 멋있는 일을 찾는다. 소신이 자기만족과 자기헌신, 자기철학으로 이어진다.

볼트 하나를 끼우더라도 용접을 잘하는 사람은 멋있다. 좋은 그릇을 만들려고 토기를 빚는 장인의 모습은 아름답다. 일에 몰입하는 자세가 멋있다.

　손님들은 내가 스시를 쥐는 모습이 즐거워 보인다고 한다. 칭찬을 들으려고 하는 퍼포먼스가 아니다. 스시를 맛있게 쥐려고 하다 보니 그렇게 보이는 것이다. 다른 분야의 장인들도 그럴 것이다. 모든 일에 정성을 다하면 멋있게 보인다.

　가끔 주객이 전도된 상황을 본다. 셰프가 퍼포먼스에 신경을 쓰다 보면 전체적인 요리의 질이 상대적으로 떨어질 때가 있다.

　카운터는 내가 서 있는 무대다. 나의 행동 하나하나에 손님의 시선이 따라온다. 생선 껍질이나 쓰레기를 버릴 때마저 손동작을 주의하고 의식한다. 손님은 의외의 감동을 받는다. 정성이 감동으로 전해지면 멋있는 퍼포먼스가 된다.

4

사람을 진심으로 대하다

밥 먹었냐는 인사

보릿고개를 지낸 어르신들은 마른 논에 물이 들어가고 자식 입에 밥이 들어갈 때가 가장 기뻤다고 한다. 끼니를 잇기 힘든 시절의 이야기다. '밥은 먹었냐'는 말은 서로의 평안함을 묻는 안부였다.

삼시 세끼. 밥은 인간이 태어나서 사는 동안 일생을 함께한다. 요즘은 형편이 어려워서 밥을 굶는 사람이 흔치 않다. 일하느라 바빠서 식사 시간이 늦어지고, 건강상 체중 조절을 위해 샐러드를 먹는 사람이 있을 뿐이다.

"밥은 먹은 겨?"

부모님에게 전화하면 꼭 듣는 질문이다. 식사 때가 한참 지나도 예외 없이 밥을 먹었냐고 묻는다. 습관적으로 입에 붙은 말이다. 시대는 변했지만 먹고살기 힘든 시절을 보낸 사람들에게는 밥을 먹었는지 여부는 생사를 가르는 중요한 기준이다.

밥 먹었냐는 인사는 단지 끼니를 때웠냐는 질문이 아니다. 타지에서 고생한 자식에 대한 걱정과 미안함 그리고 사랑이리라.

어머니는 어렸을 때부터 지금까지 무슨 일이 있어도 가족의 삼시 세끼를 거르지 않고 꼬박꼬박 챙겨 준다. 어머니는 아직도 밥이 보약이라고 여긴다.

학교를 졸업하고 직장생활을 한 뒤로 가끔 고향집에 가는 날에는 가족과 밥 한 끼를 먹기가 어려웠다. 사실 어렵다는 말은 핑계다. 오랜만에 만나는 고향 친구들과 술 한 잔 하는 시간이 즐거워서 가족과의 한 끼 식사를 등한시했다.

어느 날 어머니는 성인이 된 우리 3남매에게 두 가지 철칙을 세웠다. '집에 오면 무조건 어른들에게 인사부터 하기, 가족과 식사 한 끼를 먼저 같이하고 술을 마시든 친구를 만나기'다.

가족이 먹을 밥을 짓는 어머니는 정성을 들인다. 자신의 에너지를 써서 보약 같은 밥을 한다. 반찬이 많고 적음을 가리는 것은 어린아이 수준의 투정이다.

식구는 '한집에서 함께 살면서 끼니를 같이하는 사람'이다. 각자 직장에 다니느라 공부하느라 모여서 밥 한 끼 먹기 어려운 시대에 살고 있다. 식구라는 말이 무색해졌다.

현대인은 삶의 형태가 다양하다. 1인 가구가 많아졌다. 직장 근처에서 가족과 따로 사는 직장인도 있다. 가족과 함께 살아도 식사 시간을 서로 맞추기 힘들다.

그런 의미에서 손님은 식구다. 좋은 에너지를 스시에 담아서 맛과 여유를 선사하고 싶다. 부모와 형제, 식구를 대하는 마음으로 한 끼 식사를 대접한다. 바쁘고 분주한 일상에서 지친 몸과 마음이 조금이나마 위로를 얻으면 좋겠다.

'오늘 점심에는 뭘 먹지?'는 우스갯소리로 인류 최대의 난제라고 할 만큼 최대 고민이다. 혼자서 밥을 먹거나 누구와 약속을 잡을 때 메뉴와 식당을 정하는 일은 중요하다.

밥은 우리에게 무엇일까? 밥을 같이 먹으면 '밥 정'이 생긴다. 차를 마시는 것과 식사를 함께하는 것에는 차이가 있다.

음식을 앞에 두면 마음이 열린다. 예외인 사람도 있겠지만 이런저런 자신의 이야기를 하게 된다. 상대방을 더 알게 되는 좋은 기회다.

식사 시간은 에너지를 얻고 분위기를 새롭게 하는 시간이다. 오전 내내 풀리지 않는 일을 '밥 먹고 다시 하자'는 마음으로 잠시 미룰 수 있다. 하나의 매듭을 짓고 다시 시작하는 전환점이다.

밥을 같이 먹는 사람과 대화를 하다 보면 의외로 좋은 아이디어를 얻는다. 식사 시간에 충실하면 덤으로 얻은 행운이다.

현대인에게 식사는 단지 끼니를 때우는 것을 넘어 자신의 삶을 누리는 문화다. 비싼 돈을 내고 좋아하는 가수의 콘서트를 가고, 쇼핑을 즐기고, 캠핑이나 여행을 가는 것처럼 가치에 대한 비용을 치르는 일이다.

　'먹는 것' 또한 나를 만족시키는 문화다. 스시는 내가 선택한 예술이다. 시간의 가치를 높이는 스시 예술을 즐기길 바란다.

한 끼 식사, 동등한 존중

한 끼 식사는 누구에게나 소중하다. 부와 명예가 대단하든지, 형편이 어렵든지 모두에게 동등한 한 끼 식사다.

나는 스시를 쥐는 사람이다. 카운터에 앉은 손님이 누구냐에 따라 스시의 맛과 가치는 달라지지 않는다. 그가 누구든 최선을 다해서 가장 맛있는 스시를 내는 게 나의 업이다.

손님의 빈부귀천에 따라 접객이 달라진다면 스시에 청춘을 바친 나의 자존심과 자부심을 버리는 일이다. 사람을 차별하는 마음으로 정성을 들였다 안 들였다 한다면 진정한 셰프가 아니다.

누가 오든지 같은 언어로 대한다. 평등의 언어다.

명예와 지위에 관계없이 손님은 똑같이 접객한다. 음식과 서비스에 차이를 두지 않고 준비한 요리를 똑같이 낸다. 손님의 기호와 호불호에 따른 메뉴 차이만 있을 뿐이다.

눈썰미가 있는 손님이라면 카운터 스시 집에 들어올 때 눈치 채는 것이 있다. 식당 입구의 높이가 낮다는 점이다. 허리를 낮추고 머리를 숙여야만 들어갈 수 있는 가게도 있다.

자신의 사회적 지위는 잊어버리고 모두 똑같이 식당으로 들어오라는 의미다.

카운터 스시는 모든 손님이 나란히 앉아서 먹는다. 어떤 사람이든 고개를 숙여 들어온 식당에서는 서로 평등한 관계다.

오마카세는 2시간 이상 식사를 한다. 말수가 적은 손님에게는 되도록 말을 걸지 않지만 손님과 함께 있는 시간이 꽤 긴 만큼 많은 대화를 하게 된다. 주문만 받고 끝나는 일이 아니라 손님의 이야기를 경청하면서 함께 대화한다.

카운터에 나란히 앉은 7명 손님의 성격과 취향, 관심사는 각각 다르다. 짧은 시간 동안 개개인을 파악해서 그에 맞는 응대를 해야 한다. 모두 한자리에 앉아 있지만 셰프와 1:1로 대화하고 있다는 느낌이 들도록 말이다.

명품 옷은 단아하고 절제미가 있다. 사람을 끄는 매력도 그와 같다. 셰프는 대화할 때 군더더기 없이 예의 있는 말투로 말한다. 품위와 품격을 지킨다. 꼭 해야 할 말을 따뜻한 어투로 말하고 정갈한 여운을 남긴다.

개인적인 이야기는 삼가고 손님의 생일이나 기념일 등은 축하한다. 날짜를 메모하여 기억했다가 다음에 방문했을 때 시기가 맞으면 인사를 건넨다.

　좋은 대화의 기본은 경청이다. 내가 할 말을 줄이고 상대방의 말을 잘 들으면 실수할 일이 줄어든다. 경청하는 태도는 모든 인간관계에서 긍정적인 영향을 미친다.

스시 엄마

　　20대 손님은 형편이 대부분 넉넉지 않은 편이다. 대학생이거나 갓 사회생활을 시작한 이들이다. 식사를 하고 결제할 때 카드와 현금을 둘 다 내기도 한다. 물론 사정이 넉넉한 젊은 손님도 있다.

　부유한 부모에게 지원을 받는 상황이 아니라면 20대가 경제력이 약한 것은 사실이다. 경제 기반을 잡은 50~60대 손님이 돈을 잘 쓰고 맛을 알기 때문에 어느 식당에 가든 대접받는다.

　나는 스시를 처음 먹는 손님들을 배려해서 잘 대하려고 노력한다. 가게에 오는 젊은 손님은 오마카세에 처음 오늘 경우가 많다. 스시가 나올 때마다 사진을 찍고 기록을 남긴다. 작은 것 하나하나가 신기해서 이것저것 묻는다. 나는 그들이 궁금해하는 것에 대해 답하면서 어떻게 먹으면 더 맛있는지 알려 준다.

청년의 잠재력과 가능성을 믿는다. 하얀 도화지에 채워질 그들의 미래가 기대된다. 무엇이든 꿈꿀 수 있고 어떤 사람도 될 수 있는 젊은이의 앞날에 한 표를 던진다. 20대 손님은 스시를 오래 먹을 수 있는 손님이다. 50년 고객이다.

스시를 처음 먹어 보는 사람에게 스시를 제공하는 경우 영광스럽다. 연주자의 악기 연주법, 운동선수의 자세나 운동법 등은 누구에게 배우느냐에 따라 다르다. 처음 배운 대로 길이 든다.

스시를 처음 먹는 사람도 똑같다. 첫 스시의 맛은 대체로 잊을 수 없다. 자신도 모르게 스시 맛의 기준이 생긴다. 내가 스시 엄마가 되는 순간이다.

우리나라에서 오마카세가 유행하면서 일본으로 스시를 먹으러 오는 젊은 층이 늘어났다. 20대 한국 손님이 많이 늘었다.

기억에 남는 손님이 있다. 내 이름만 듣고 식사를 예약하고 가게에 온 손님이다. 그 손님은 생선을 좋아하는 편이 아니었고 가리는 게 많았다. 등 푸른 생선, 조개류 등을 좋아하지 않았다. 이것저것 빼다 보니 대접할 수 있는 것이 적었다.

손님에게 그냥 한번 맛보라고 권했다. 평소 먹지 않던 음식을 맛있다고 느끼면 인생의 기쁨이 늘어나니 도전해 보라고 제안했다. 망설이던 손님은 스시를 먹었다.

스시 위에 얹어진 생선 네타가 최고라고 좋아했다. '인생 네타'라는 젊은 사람들 식의 표현을 쓰며 맛있다고 했다.

스시 요리사로서 보람과 희열을 느꼈다. 아기가 첫발을 내딛는 감동의 순간 같았다. 스시를 처음 먹는 손님, 안 먹던 생선을 난생처음 먹는 손님을 보면 걷지 못하는 아기의 첫 걸음마를 본 엄마처럼 기쁘다. 손님이 스시가 좋아졌다고 하면 이루 말할 수 없이 행복하다.

사람 공부, 관심과 관찰

오마카세는 좌석 배치가 중요하다. 7명의 손님이 나란히 카운터 앞에 앉는다. 15~20분 만에 끝나는 식사가 아니다. 좁은 공간에서 장시간 타인과 있어야 한다. 좋든 싫든 식사가 끝나기 전까지 나갈 수 없다.

오마카세는 편안한 마음으로 즐겨야 한다. 먹는 데 집중력을 쏟아도 모자라다. 다른 손님으로 인해 스시에 대한 부정적인 기억을 갖지 않도록 하려면 셰프의 센스가 필요하다.

손님의 성향 배려는 좌석 배치로 조율이 가능한 편이다. 손님을 관찰한 내용을 기록으로 남기면 된다. 말수가 별로 없는 손님은 조용한 손님의 옆자리에 배치하고 외향적인 손님끼리 같이 앉도록 한다.

혼자 조용히 스시를 먹으러 온 손님이 소란스러운 손님 옆에 앉으면 곤혹스럽다. 자꾸 말을 걸고 술을 권하면 괴롭다. 옆 사람 때문에 맛을 제대로 느낄 수 없다.

모든 손님에게 민폐를 끼치는 손님이 있다. 술을 마시면 주사가 심하고 시비를 거는 사람이다. 한 사람이 식사 분위기를 망쳐서는 안 된다. 불편과 불안, 불쾌감을 주는 손님과 같은 공간에 있기는 어렵다.

손님에 대한 공부는 스시 셰프로서 당연한 의무다. 그래야 카운터에 섰을 때 손님의 취향을 분간할 수 있는 능력이 생긴다.

접객의 기본은 사람에 대한 관심이다. 자주 오는 단골손님도 있지만 처음 오는 손님도 많다. 손님을 대할 때 실수하지 않고 최선의 접객을 하려면 메모는 필수다.

메모는 스시 셰프에게 있어서 훈련이요, 재산이다. 처음 온 손님에 대해서는 무조건 메모를 한다. 손님의 특징, 좋아하는 음료, 선호하는 음식, 알레르기의 유·무 등을 기억했다가 자세히 기록한다. 메모 내용을 숙지하도록 노력한다.

지금도 영업을 마치면 매일 손님에 대한 기록을 남긴다. 일을 시작할 때부터 해 오던 일이다. 이름과 성별, 연령대, 인상착의, 선호도, 기피하는 사항을 적는다.

한 번에 식사하는 인원은 7명이지만 하루에 3번이면 21명이다. 매월 영업일 25일 기준으로 1년이면 많은 자료가 쌓인다. 사람의 기억에는 한계가 있어서 기록으로 남길 수밖에 없다.

공부를 하고 신경을 쓰다 보니 메모의 양은 현저히 줄었다. 이제 저절로 기억이 난다. 손님이 다시 방문했을 때 좋아하는 음료를 권하고 취향에 맞는 스시를 추천하면 세심한 서비스에 감동을 받는다.

주방에서 일할 때 알게 된 손님이 있다. 털게와 따뜻한 차를 좋아하는 분이었다. 손님이 좋아하는 것들을 물잔을 받쳐 놓는 빳빳한 종이 뒷면에 적어서 보관했다.

세월이 흘러 가게를 차렸을 때 오랜만에 그 손님을 만났다. 손님은 셰프가 된 것을 축하해 주었다. 털게와 따뜻한 차를 준비해서 주니 기억하고 있었냐며 고마워했다. 고마움은 감동이 되었고 다시 만나고 싶은 여운을 남겼다. 손님은 셰프에게 신뢰가 쌓여 또 오고 싶어진다.

맛에 대한 기억이 희미해질 수 있지만 사람에 대한 기억은 또렷하게 남는다. 다시 보고 싶은 사람은 그렇지 않은 사람보다 기억에 더 잘 남는다.

손님을 잘 기억하려고 노력하지만 실수를 할 때도 있다.

"처음이시죠? 저희 가게는 어떻게 알고 오셨는지요?"

"처음 아닌데요."

본의 아니게 죄송하다. 간혹 메모를 누락했거나 메모 내용이 비슷한 손님이 오면 실수를 한다.

나무 한 그루를 제대로 볼 줄 알면 잘산 인생이라고 한다. 자연을 아는 일은 인간에게 역부족하고 불가능한 일이다. 말 못하는 나무를 아는 것보다 사람을 아는 게 쉬운 일일 수도 있다.

사람 공부는 관심과 관찰이 핵심이다. 만나면 진심으로 대하고 함께 있는 동안 주의 깊게 살피면 된다. 상대방이 좋아하는 것을 기억했다가 챙겨 주면 마음을 전할 수 있다.

사람을 공부할 때 메모는 훌륭한 도구다. 나는 기록의 유용성을 믿는다.

관계의 전화위복

　　카운터 스시 일을 시작했을 때 매일 칭찬을 받았다. 회사에서 사랑과 인정을 독차지했다. 입사해서 지적받고 혼나는 날이 많았는데 이런 날도 오는구나 싶었다.

　잘하는 사람에게는 기대치가 높아진다. 작은 실수를 해도 크게 혼난다. 반면, 부족한 사람은 조금만 잘해도 후한 칭찬을 받는다. 사람에 대한 기대 심리가 무엇인지 경험했다.

　사장이 1년 동안 나에게 말을 하지 않은 시기가 있었다. 선배들과 함께 있는 사적인 자리에서 말실수를 했다. 성숙하지 못한 나의 실수였다. 제대로 인생 공부를 한 셈이었다. 실수를 반성하고 사죄를 했지만 받아들여지지 않았다.

　사내에서 나에 대한 평가와 존재감은 바닥을 쳤다. 한순간에 나를 대하는 분위기가 차갑게 변했다. 회식 자리에 가기도 눈치가 보일 정도였다. 앞으로 어떻게 해야 할지 막막했다.

퇴사하고 한국으로 돌아갈지 진지하게 고민했다. 일본에서 아르바이트를 하며 생계를 잇던 때보다 힘들었다. 귀국을 쉽게 결정하지 못한 큰 이유는 미련 때문이었다.

일본에서 열심히 노력해서 일궈 놓은 일을 내려놓고 가기가 아쉬웠다.

회사에서 눈치를 보면서 어중간하게 일하다가 소신을 지키며 최선을 다하기로 마음을 바꿨다. 묵묵히 일하다 보면 기회가 다시 오겠지 하는 마음으로 버텼다.

설날 연휴에 내가 일하는 지점은 휴무였다. 연휴에 문을 열고 영업을 하는 지점은 한 점포밖에 없었다.

휴가를 반납하고 영업하는 지점 선배에게 가서 돕겠다고 했다. 그 선배는 일을 잘하기로 평판이 자자한 요리사였다. 연휴라 해당 지점도 휴가를 간 직원이 있어서 일손이 부족한 상황이었다. 일을 잘하는 선배에게 배우면서 도움을 줄 수 있는 기회라 겸사겸사 출근했다.

선배의 일하는 모습을 보니 오길 잘했다는 확신이 들었다. 휴가를 반납했다는 것은 생각도 안 날 만큼 배울 게 많았다.

한창 선배와 영업을 준비하고 있는데 사장이 왔다. 깜짝 놀랐다. 연휴에 일하는 직원들을 격려하러 왔다고 했다.

사장이 나에게 말을 안 한 지 1년이 다 되는 시점에 뜻밖의 장소에서 마주친 것이다.

사장은 쉬는 날 다른 지점까지 와서 왜 일을 하고 있냐고 물었다. 인력이 모자랄 것 같아서 도와주러 왔지만, 무엇보다 일을 잘하는 선배에게 배우는 기회를 놓치고 싶지 않았다고 답했다. 나중에 지점을 맡아서 운영할 날이 오면 잘하고 싶다고 말했다.

누구에게 잘 보이려고 쉬는 날 일하러 간 게 아니었다. 휴일에 출근한 좋은 의도가 사장과의 만남으로 이어졌다.

그날부터 사장의 침묵은 깨졌고 마음 편히 일할 수 있었다. 관계의 전화위복이 되었다. 카네사카 사장은 일을 돕고 배우러 온 나의 태도를 높이 평가했다.

훗날 사장이 스시야 쇼타를 맡기기로 결정할 때 그때 일이 큰 역할을 했다고 한다.

미운 사람 대처법

　　'조용한 손절'이 있다. 말없이 관계를 끊는 것이다. 살면서 누군가와 거리를 둘 때가 있다. 그러다가 관계를 끊을 수도 있다. 반대로 내가 정리의 대상이 되기도 한다.

　만남과 이별은 급작스럽게 찾아온다. 일을 배우면서 시행착오와 실패를 겁낸 적은 없지만 한 가지 두려운 일이 있다. 손님이 불만을 표현하지 않고 말없이 발길을 끊는 경우다.

　인간관계가 힘든 이유는 정해진 답이 없어서다. 상황마다 사람마다 다르다. 나이가 적든 많든 학교든 직장이든 영원한 숙제다.

　사회 초년생들, 직장 경력자들의 퇴사 원인이 조직 내 인간관계일 때가 많다. 회사가 아니라 사적인 모임이나 어느 곳에 가도 불편한 사람, 맞지 않은 사람이 있기 마련이다.

　갑자기 일을 그만두는 젊은 직원들이 있다. 인간관계가 힘들어서다. 자신의 소지품을 가게에 두고도 찾으러 오지 않는다.

안타깝지만 퇴사를 하고 이직을 해도 인간관계의 어려움은 또 생길 것이다.

스시 분야 일의 특징은 긴 시간을 같은 공간에서 일한다는 점이다. 새벽에 수산물 시장에서 가게로 돌아와 마감할 때까지 함께 일한다. 잠자는 시간을 제외하면 하루의 전부라고 해도 과언이 아니다.

회사의 상사나 동료, 후배 중에 어느 한 사람이라도 불편하면 일이 손에 안 잡힌다. 장시간을 좁은 공간에서 부딪히며 일하다 보면 미움이 극한에 달하기도 한다.

스시 일을 하는 사람들은 자기관리가 엄격하다. 접객을 우선순위에 두고 생활하기 때문에 남에게 친절하고 관대한 편이다. 직장 사람들은 대부분 나를 잘 챙겨 주고 도와주었지만 어디든 모난 사람은 있다.

일본어가 서툴 때 뭘 가져오라고 하면 잘못 알아듣고 엉뚱한 걸 가져간 적이 많았다. 모른 척하고 조용히 있는 직원이 있는 반면, 뒤에서 비아냥거리고 조롱하는 직원이 있었다.

고생해서 여기까지 왔는데 직장을 그만두고 싶지 않았다. 퇴사는 상상조차 하기 싫었다. 치열하게 일한 세월이 허무했다. 억울하고 자존심이 허락하지 않았다.

나를 힘들게 하는 사람에게 그가 좋아하는 것을 건네며 대화를 시도하기란 결코 쉬운 일이 아니었다. 두렵고 떨렸다. 고등학생 때 횟집 입구에서 말을 꺼내지 못하고 일주일 동안 서성이며 전전긍긍하던 기억이 떠올랐다.

'설마 나를 때리기야 할까?'

어린 시절 스스로 용기를 냈던 기억에 힘입어 직장에서 힘들게 하는 사람에게 말을 건넬 수 있었다.

내 컨디션과 기분이 좋은 날에 그 직원이 좋아하는 간식을 준비해서 전해 주었다. 휴식시간에 함께 티타임을 하거나 퇴근 후에 술 한 잔 하자고 말을 건넸다. 단 둘이 대화하는 시간에 밝은 표정으로 이야기했다. 일본어가 아직 미숙해서 일할 때 힘들지만 노력하고 있으니 잘 부탁한다고 말했다.

상대는 내가 씩씩해 보여서 힘든 줄 몰랐다고 했다. 오랫동안 끙끙 앓고 마음고생했던 일을 아무렇지 않은 얼굴로 이야기하니 그렇게 보였나 보다.

마음이 무겁고 힘들면 일이 손에 잡히지 않고 꼬이는 경우가 생긴다. 일보다 신경이 쓰이는 감정에 집중하기 때문이다.

사회생활을 하면서 인간관계로 힘들 때 터득한 방법이 있다. 미움이 생기기 직전에 불편한 마음을 상대방에게 고백한다. 말하기 전까지는 나의 고민이지만, 말을 한 후로는 상대의 고민이다. 내가 풀지 못한 숙제를 그에게 넘겨 버린다. 그런 다음 나는 훌훌 털어 버리고 시원한 마음으로 다시 일에 전념할 수 있다.

오랫동안 끙끙 앓고 마음고생하는 것보다 솔직하게 고백하고 털어 내는 것이 심적으로나 체력적으로나 좋다.

밉고 싫은 사람에게 친절을 베풀면 얻는 행복이 있다. 조금 더 성숙하고 아량이 있는 사람이 된다. 내 필요에 의한 행동이라도 마음이 넓어진 여유를 느낄 수 있다.

최선을 다해서 상대방에게 진심을 전했을 때 대부분의 사람은 잘 들어준다. 오해가 있었다며 풀고 미안하다고 사과하는 편이다.

가끔 그렇지 않은 사람도 있다. 관계를 더 잘해보자는 취지로 어렵게 말을 꺼냈는데 화를 낸다. 자기를 무시하는 것이냐, 왜 나쁜 사람으로 몰아가느냐고 항의한다. 마음이 삐딱하거나 꼬여 있는 사람들이다. 내면의 치유가 필요한 이들도 있다.

그들에게는 최소한의 지켜야 할 선만 지킨다. 직장에서 업무에 지장을 주지 않는 범위에서 대하면 된다. 그로 인해 더 힘들어할 필요가 없다. 힘들어할 에너지를 나를 위한 것으로 바꾸자.

관계가 불편한 상황에서 도망가지 않으려고 애썼다. 상대방의 반응은 내 몫이 아니다. 좋은 분위기를 이끌고 마음을 표현한 이후의 결과는 내 손을 떠난 일이다. 어떻게든 껄끄러운 사람과 잘해보려고 최선을 다한 나를 칭찬하고 관계의 매듭을 짓는다.

기분 나쁜 말을 듣는 용기

스시야 쇼타를 오픈하고 2년 정도 지났을 때 정체기가 찾아왔다. 가게를 이끌어 가는 직책이다 보니 누군가에게 지적과 조언을 받을 기회가 드물었다. 스스로 부족한 점을 마주할 기회가 없었다.

어느 날 단골손님이 16년 동안 미쉐린 3스타를 받은 일본 정식 셰프와 함께 오겠다고 했다. 단골손님은 좋은 음식점을 찾아다니며 맛있는 음식을 먹는 것이 취미였다. 손님은 그 셰프에게 조언을 들으면 우리 가게가 더 좋아질 것이라 판단했다. 생각해 주는 마음으로 주선한 자리였다.

약속한 당일 영업시간이 끝나고 단골손님과 셰프가 왔다. 지친 체력을 다시 끌어올려 스시를 쥐기 시작했다. 결과부터 말하면 셰프의 코멘트는 내 영혼을 탈탈 털었다.

스시에 간장을 바르는 붓질 횟수부터 그릇을 꺼내는 서랍장 등 모든 것이 지적 대상이었다. 그동안 이끌어 온 스시야 쇼타를 부정당하는 기분이었다.

손님과 셰프가 떠난 후 가게에 혼자 남았다. 화가 치솟는 감정을 억누르고 객관적으로 생각하기 시작했다. 모든 지적 사항을 하나하나 종이에 적었다. 가슴에 꽂힌 비수를 빼내는 것 같았다.

기록을 시작하자 분노가 감사로 바뀌는 데 그리 오랜 시간이 걸리지 않았다. 지적 사항이 모두 옳다고 생각되지는 않았다.

그러나 스시를 쥐는 등급인 타이쇼 타이틀을 달고 누군가에게 지적을 받는다는 것 자체가 귀한 경험이었고 좋은 공부였다.

타인의 조언을 모두 받아들일 필요는 없지만 귀담아 들을 필요는 있다. 경청한 후에 취사선택하면 된다. 잘 들어야 유익한지 무익한지 분별할 수 있다. 성장과 성숙에 도움이 되는 부분은 받아들인다.

인생을 살면서 꼭 옆에 두어야 할 사람이 있다고 한다. 기분 나쁜 말을 기분 나쁘지 않게 말하는 사람이다. 단점을 지적하는 것이나 지적받는 것은 서로에게 모두 어려운 일이다.

칭찬도 듣는 사람에 따라 곡해할 수 있다. 다른 사람이 고칠 점을 말할 때에는 더 조심스럽다. 가족과 친구 사이라도 쉬운 일이 아니다.

지적과 조언의 목적은 같다. 상대가 고쳤으면 하는 점을 말하는 것이다. 차이점은 듣는 사람의 반응이다. 지적은 평가로 끝난다. 기분이 나쁘고 말하는 사람이 미워진다. 조언은 듣는 사람의 입장을 배려해서 개선점을 말한다. 고마움과 함께 응원하는 마음이 느껴진다. 다음부터 더 잘해야지 하고 힘이 난다.

지적과 조언을 듣기보다 말하는 관리자가 되었지만 가능하면 직원의 입장에서 말하려고 노력한다.

지적할 땐 말투와 상황을 확실히 인지시키는 것이 중요하다.

"넌 왜 그렇게 게으르고 센스가 없니?" 무턱대고 비난하기보다 구체적인 지시 사항을 전달한다. "다음부터는 미리 물을 끓여서 새우를 데쳐 놓으면 좋겠어." 현실적인 대처 방법을 제시하는 것이 좋다.

남에게 싫은 소리를 하지 않고 살면 편하겠지만 그런 말을 해야 할 상황과 입장에 처할 때가 있다. 부담스러운 일이다. 그 역할을 지혜롭게 잘 감당하는 사람은 누군가의 평생 은인이 될 수도 있다.

차이를 존중하는 리더

"네 꿈을 잊었니?"

일이 많아서 힘들 때 사장이 물었다. 질문에 대한 답이 모든 걸 참고 이겨 내게 했다.

후배들도 나와 같은 셰프의 꿈을 품고 있다고 믿었다. 꿈을 이루 었으면 하는 마음에 내가 아는 범위에서 최대한 알려 주었다.

처음에는 열의에 차서 요리사로 키워야겠다는 각오로 직원들을 가르쳤다. 어느 순간 직원마다 배우는 태도가 다르다는 것을 깨달았다.

일을 시작한 연차가 오래되었지만 스시 외의 음식을 만드는 뒷주방 일에 만족하는 직원이 있었다. 그는 카운터에서 스시를 쥐는 타이쇼가 되고 싶은 꿈이 없다고 했다.

목표가 다른 사람을 높은 수준으로 끌어 올리려고 가르치니 서로 감정이 상하기 일쑤였다. 스트레스를 주고받는 상황을 멈추기로 결단했다. 지금 하고 있는 주방 일을 최고로 잘한다고 칭찬해 주었다.

주방에서 일을 하면서 카운터로 나와서 스시 쥐는 일을 하고 싶은 후배가 있었다. 꿈과 목표가 있는 사람은 먼저 주위에 이야기해서 알리는 편이다. 그의 재능은 좀 부족했지만 어떻게 노력해야 하는지 구체적인 방법을 가르쳤다.

맡은 일에만 충실할 때는 몰랐다. 직원을 관리하고 가게를 운영하면서 배웠다. 사람마다 성격이 다르듯이 지향하는 목표치와 성장하고 싶은 정도가 달랐다.

지금까지 수많은 후배들을 만나서 일을 가르쳤다. 하나만 알려 줘도 열을 아는 후배가 있는 반면, 하나를 알려 줘도 절반도 습득하지 못하는 후배도 있었다. 나의 기준에 맞는 수준까지 성장을 강요하니 나도 스트레스였고 후배도 스트레스였다.

리더는 직원의 차이를 파악해야 한다. 관심과 소통이 없으면 불가능한 일이다. 손님을 알려고 노력하는 것처럼 직원을 아는 노력도 필요하다.

같은 잘못을 반복해서 지적하는데 고치지 않는 이유는 태도의 문제일 수도 있지만 생각이 달라서다. 일을 잘해서 다음 단계로 나아가고 싶은 목표 의식이 없어서다.

해결책은 목표에 맞는 일을 주고 잘하면 칭찬하는 것이다.

좋은 의도로 가르쳐도 듣는 사람이 싫어하면 멈춰야 한다. 상대방이 필요한 것이 무엇인지 아는 것이 도움을 주는 가장 빠른 방법이다. 생각하는 방식을 바꾸니 마음이 편해졌다.

칭찬에 인색했는데 직원들과 생활하다 보니 칭찬에 후한 사람이 되었다. 불가피한 상황이 아닌 이상 직원이 자주 바뀌면 좋지 않다. 나무보다 숲을 보는 안목이 생겼다. 직원마다 자신이 원하는 일의 최고 기량을 낼 수 있도록 돕는다.

꿈이 다르면 가는 길이 다르다. 현재 하는 일에 자족하는 사람에게 더 높은 이상을 품으라고 강요할 필요는 없다.

열심히 일하는 후배들에게 혼을 많이 낸다. 내가 미울 것이다.

일을 잘하는 후배에게는 현재에 만족해서 정체되지 않도록 경각심을 준다. 잘되기를 바라는 마음에서다.

그들의 앞날이 기대되고 좋은 길로 인도하고 싶다. 꿈이 있는 후배들이 쉽게 무너지지 않는 견고한 사람이 되기를 바란다.

맛집 의리

도쿄는 18년 연속 미쉐린 스타 식당 최다 도시로 선정되었다. 미쉐린에 선정되지 않았다고 스스로 목숨을 끊는 셰프가 있는 반면, 평가 자체를 거부하는 요리 장인도 있다.

미쉐린은 셰프들에게 호불호는 있지만 손님 입장에서는 식당을 선택하는 하나의 안내 지표다.

미쉐린 스타 식당이 아니더라도 도쿄에는 맛집이 많다. 다양한 미식의 세계가 펼쳐진다. 골라 먹는 재미가 있다.

일본은 장인 정신이 강한 나라다. 장인은 자신의 분야를 개척한다. 개성을 지키는 가치관이 대대로 이어진다. 좋아하는 것으로 승부를 본다. 남들과 똑같은 것으로 경쟁하지 않고 타인의 시선을 의식하지 않는다. 변화와 유행에 민감하지 않다.

요리뿐만 아니라 모든 분야에서 그렇다. 15대째 술을 만드는 기업이 있다. 한 자리에서 5대째 붕어빵을 만드는 집이 있고, 스시용 밥에 넣는 소금을 4대째 생산하는 가문도 있다.

'아라마사新政'라는 양조장은 아버지 세대까지는 저렴한 술을 제조하는 곳이었다. 아들이 이어받아 아버지가 하던 전통 방식은 그대로 유지하면서 시대 흐름을 반영하여 고급화된 고가의 술을 제조하고 있다.

한곳에서 몇 대째 가게를 운영할 수 있는 이유가 있다. 법적으로 임대인이 임대료를 큰 폭으로 올릴 수 없다. 재계약을 할 때 잘되는 가게의 임대료를 대폭 올려서 내쫓는 일이 없다. 물리적으로 안정된 상황에서 영업을 할 수 있다.

임대인과 임차인의 관계에 신의가 있다. 임대인과 임차인도 몇 대째 내려오는 관계다.

식당을 비롯한 영업점 점주는 단골손님과의 신의를 최우선으로 여긴다. 장사가 잘된다고 가격을 대폭 올리지 않는다.

다만 물가 상승으로 인해 피치 못해 가격을 올리는 경우가 있다. 그래도 가격의 상승 폭이 크지 않다. 단골손님에게 부담을 주지 않기 위해서다.

단골손님도 대대로 온다. 할아버지가 어린 손자와 함께 온다. 손자가 결혼하면 아이들과 또 같이 온다. 대를 잇는 문화다. 점주와 단골손님 사이에 의리가 있다. 영업하는 사람들은 단골손님을 중심으로 새로운 고객을 늘려 간다.

일본의 맛집에는 시간의 힘이 있다. 셰프와 손님, 임대인과 임차인은 세월을 함께 견딘 사이다. 셰프의 음식 맛에는 자신의 요리 철학과 손님과의 우정, 임대인을 향한 감사가 깃들어 있다.

요리는 섬김이다

      작년에 아들이 태어났다. 아들로만 살았는데 아버지가 되었다. 아이의 앞날을 축복하며 부끄럽지 않은 아버지로 살기로 다짐한다.

    부모의 눈물을 본 자식은 많지 않을 것이다. 아무리 힘들어도 자식 앞에서 내색하지 않고 견디는 게 부모다. 부모는 자식이 걱정할까 봐 눈물을 참는다.

    몇 년 전 어머니의 눈물을 보았다. 가게를 열고 부모님과 친척들을 초대했을 때다. 쉬는 날 식사를 대접했다. 카운터에서 손님의 얼굴을 보다가 부모님의 얼굴을 보니 뭉클했다. 부모님 앞에 낼 스시를 쥘 때의 마음가짐은 손님을 대할 때와 같이 평정을 유지했다.

    어머니는 첫 스시 한 점을 입에 넣고 눈물을 흘렸다. 눈물의 의미를 다 알 수는 없다. '힘들었지? 고생했다' 이런 마음이 아니었을까 싶다.

스시는 부모님에게 낯설고 생소한 음식이었다. 아들이 타지에 나와서 잠도 못 자고 일을 한다고 걱정했지만 정확히 어떤 일을 하는지 몰랐다. 20대에 집을 떠나 일을 시작해 곧 마흔이 되는 긴 세월 동안 말이다.

어머니의 눈물을 보니 포기하지 않고 일하길 잘했다는 생각이 들었다. 뿌듯했다.

아버지의 4남매가 카운터에 나란히 앉았다. 큰아버지와 작은 아버지, 아버지와 고모가 함께 건배하는 모습이 보기 좋았다. 평균 연령이 70대인 4남매의 표정은 닮아 있었다. 어린 아들, 어린 조카에서 성인이 되어 효도다운 효도를 하는 기쁨에 울컥했다.

어린 시절이 파노라마처럼 지나갔다. 부모님이 딸기밭 농사를 짓는 모습부터 급식비가 없어서 돈을 빌리러 다니는 장면까지 먹고살기 힘든 시절의 추억이었다.

부모님의 섬김 자본으로 자랐다. 그 시절이 없었으면 지금도 없다. 의미 없는 고생은 없다.

요리는 남에게 베푸는 일이다. 진심이 우러나야 맛있는 음식을 대접할 수 있다. 맛을 내는 가장 중요한 요소는 먹는 사람을 향한 사랑과 정성이다. 마음을 다해 음식을 하지 않으면 손맛에 그친다. 손맛은 재능과 솜씨다. 손맛이 좋아야 음식이 맛있다는 말도 맞지만 진심을 담아야 맛의 울림과 깊이가 있다.

밥이 입으로 들어가는 게 당연한 일이 아니다. 벼농사를 짓는 농부, 쌀을 도정하는 사람, 밥을 짓는 사람의 손길까지 많은 이의 수고가 깃들어 있다.

특별한 반찬이 없는 식탁이라도 사람이 한 명 더 오면 수저 하나 더 놓고, 밥을 한 그릇 더 퍼야 한다. 손이 가는 일이다. 초대를 받는 모든 식탁에서 감사해야 한다.

스시 효는 첫 직장이기도 했지만 음식에 대한 가치와 철학을 배운 곳이다. 스시 효는 부모님에 대한 효를 스시에 담은 이름이다. 스시를 짓는 일은 부모님을 향한 효도처럼 한결같아야 한다는 뜻이다.

상호를 지은 안효주 사장님은 부모님이 살아 계실 때 자식의 도리를 다해야 한다고 강조했다. 부모님이 돌아가신 후 기일에 진수성찬을 차리면 무슨 소용이냐는 것이다.

손님을 대하는 예의도 손님이 왔을 때 최선을 다해야지 손님이 간 후에 후회하지 말라고 했다. 시간 앞에 겸손해야 한다. 효의 가치는 손님을 맞는 자세와 태도에 일맥상통했다.

가족을 생각하는 마음으로 손님이 먹을 음식을 만든다. 부모님에 대한 효와 존경, 형제들과의 끈끈한 우애가 손님에게 그대로 전해지도록 마음을 담는다.

요리 철학이 무엇이냐고 묻는다면 요리는 섬김이라고 답하고 싶다. 가족을 위해 밥을 하는 어머니와 손님의 식사를 준비하는 요리사의 마음은 같다.

요리를 하는 사람이 돋보이고 드러나면 안 된다. 음식의 배경처럼 은은한 존재감으로 남아야 한다. 먹는 사람이 즐겁고 흡족하면 된다.

요리사는 요리하는 사람이다. 마음의 중심이 먹는 사람을 향한다. 그를 위해 맛있는 음식을 만드는 것이다.

겸손과 즐김

　　　　　가게가 매일 만석이다. 어느 순간 돌아보니 3개월
이상 예약이 꽉 찬 가게가 되었다. 지인과 손님들은 대단하다고
칭찬한다. 어깨가 으쓱해지는 것은 잠깐이다. 좋은 스승과 선배
들의 가르침 덕분에 가능한 일이다.

　일을 하다 보면 경력과 노하우가 쌓여서 익숙함과 요령으로 할
때가 많다.

　가장 중요한 점은 겸손한 태도다. 겸손함은 배우려는 자세다.
배울 때도 현실적인 전략이 있어야 한다.

　카네사카에 입사했을 때 일을 어느 정도 할 줄 아는 상태였다.
스시 효에서 생선 손질도 하고 스시를 쥐는 단계까지 올라갔었다.

　일본인 선배가 생선을 다룰 줄 아냐고 물어서 모른다고 답했다.
내가 안다고 했으면 일을 바로 시켰을 것이다. 나라마다 생선을

손질하는 방식이 다를 수 있다는 생각에 일본식 생선 손질법도 배우고 싶었다. 할 줄 안다고 했다가 기대치에 못 미치면 나에 대한 실망감이 커지리라는 것을 알았기 때문이다.

모른다고 답했기 때문에 생선을 다루는 법을 두루두루 배울 수 있었다. 일한 경력이 있어서 습득이 빨랐다. 사내에서 수월하게 일을 해내는 모습으로 좋은 이미지가 생겼다. 더 많이 배우는 상승효과로 이어졌다. 전략이 통했다.

일을 잘하고 싶으면 스스로 잘한다고 믿지 말고 겸손해야 한다. 그런 후에 어떻게 배울지 전략을 짜면 일을 곱절로 즐겁게 할 수 있다.

가게에 오는 손님 중에 97세인 어르신이 있다. 지팡이를 짚지 않고 일행의 도움도 받지 않은 채 혼자 거뜬히 걷는다. 30년은 젊은 60대와 같이 다닌다. 그 손님을 볼 때마다 저렇게 나이를 먹고 늙고 싶다는 도전을 받는다. 행동에는 기품이 있고 말과 표정에는 깊이가 있다.

어르신은 우리 가게에 오면 스시에 집중한다. 맛에 몰입하는 모습이 느껴진다. 겉모습으로 사람을 알 수는 없지만 식사하는 태도를 보면 드러나는 것들이 있다.

"스시를 가장 맛있게 먹는 방법은 나왔을 때 바로 드시는 겁니다."

하루에 몇 번씩 손님들에게 하는 말이다. 스시는 생선의 신선

도와 밥의 온도 등이 최상으로 어우러지는 맛의 정점에서 먹어야 맛있다. 스시의 식감도 갓 만들었을 때가 제일 좋다.

스시가 나와도 옆 사람과 이야기하느라 못 먹는 손님이 있다. 실시간으로 사진을 찍어 SNS에 올리느라 늦게 먹는 손님, 전화 통화를 하러 나가서 한참이 지나도 들어오지 않는 손님도 있다.

먹는 방법의 문제가 아니라 태도의 차이다. 스시 식당에서는 스시를 맛있게 먹는 게 최우선이다. 고급 오마카세를 현명하게 즐기는 방법이다. 돈의 값어치를 소중히 여기는 자세다. 주어진 시간을 가장 실속 있게 쓰는 것이다.

먹을 때도 집중력이 필요하다. 사람마다 라면 한 그릇도 다르게 먹는다. 대충 씹어 넘기는 사람이 있는 반면, 면발의 탄력과 국물 맛, 계란의 고소함과 파를 씹는 맛까지 음미하는 사람이 있다.

현대인의 삶은 바쁘고 분주하다. 머릿속은 생각으로 복잡하다. 한 가지에 집중하기 어려운 세상이다. 어떤 것에도 방해받지 않고 한 끼 식사를 온전히 먹으면 좋겠다. 맛과 재료의 세계를 경험하는 시간이 되기를 바란다.

힘들 때 힘을 주는 사람

배우 겸 가수인 양동근 씨의 '어깨'라는 노래를 좋아한다. 가사 중에 마음에 와닿는 구절이 있다. '멈출 수 없다면 넘어져 버려!'다. 지금 힘들다면 모든 걸 내려놓고 다시 시작하는 것도 나쁘지 않다.

힘들어도 '1년은 버텨 보자'라는 생각으로 버텼다. 모두에게 통하는 방법은 아니다. 사람마다 성향과 처한 상황이 다르고 고통을 견디는 그릇도 다르다.

자신이 도저히 감당할 수 없는 짐을 양손에 들고 있다면 잠시 내려놓고 몸을 살펴야 한다. 멍이 들지는 않았는지, 피가 나지는 않았는지, 이 짐을 다 질 수 있을지 생각해 본다. 잠시 쉬었다가 회복이 되면 다시 짐을 지고 나아가길 바란다.

힘들어서 다 포기하고 싶을 땐 한 박자 쉬었다가 자신이 좋아하는 일을 찾기를 바란다. 좋아하는 일을 해도 힘들면 잠시 거리를 두고 떨어져서 자신을 바라보기를 추천한다.

정말 좋아하는 일이 맞는지, 하고 싶은 일이 맞는지 돌아보는 시간을 갖는 것이다.

나는 인복이 있는 사람이라고 믿고 산다. 스승님과 선배, 동료들이 내 인복을 증명한다. 좋은 사람을 만나서 힘들 때 흔들리지 않고 버티며 견고해졌다.

이시야마 선배는 나를 카네사카 사장에게 소개시켜 준 사람이다. 지금은 각자의 자리에서 스시인의 길을 걷고 있다. 오랜 세월 선배이자 동료로 좋은 인연을 이어 가고 있다.

향수병으로 마음의 병을 심하게 앓던 때가 있었다. 일마저 힘겹고 외로움이 극에 달했다. 모든 걸 포기하고 한국행을 결정했을 때 발길을 돌리게 해 준 사람도 이시야마 선배였다. 평생 은인이다.

외로움에 갇혀서 살 때 선배에게 고민을 털어놓고 이야기를 했다. 그의 따뜻한 인생 조언을 들으며 위로를 받았다. 선배는 맛있는 스시 집을 발견하면 나를 데리고 갔다.

선배와 후쿠오카 여행을 함께 갔다. 스시 여행이었다. 남자 둘이서 여행한다는 것이 쉽지만은 않았지만 즐거웠다. 후쿠오카로 향하는 6시간 동안 신칸센에서 많은 대화를 나누었다.

후쿠오카에 도착해서 점심을 먹으러 연세가 지긋한 80대 셰프가 운영하는 스시 집에 갔다. 셰프는 허리가 구부정한 모습으로 스시를 쥐어 냈다. 세월의 무게와 시간의 깊이가 느껴졌다.

스시를 만드는 직업은 손발을 움직일 수만 있다면 할 수 있는 일이구나 싶었다.

저녁으로는 도쿄의 에도마에 스시와는 다른 스타일을 먹으러 갔다. 후쿠오카를 대표하는 '텐스시'라는 스시 집이었다. 다양한 스시를 경험한 시간이었다.

힘들 때마다 힘을 준 이시야마 선배와 함께 잊지 못할 인생 추억을 만들었다.

5

맛있는 인생

동양식 햄버거

　　에도마에 스시의 기원은 동양식 햄버거였다. 에도는 도쿄의 옛 이름이다. 예전에 일본의 전통 부호들은 교토에 많이 살았다. 당시 도쿄에는 하루하루 일해서 먹고사는 생계형 노동자들이 많았다.

　스시는 일하는 사람들을 위한 패스트푸드였다. 빨리 간단하게 배고픔을 달래 주는 서민의 음식이었다. 길거리에서 먹기도 했다.

　밥에 소금과 식초를 넣고 버무려 큼지막한 주먹밥을 만들었다. 밥 위에 토핑처럼 생선을 얹어서 먹었다. 남자 성인이 한 두 개만 먹어도 배부를 만큼 크기가 컸다.

　스시가 고급화된 시기는 얼마 되지 않았다. 혼자서 급히 먹는 패스트푸드가 앉아서 천천히 먹는 음식으로 바뀌었다.

　스시의 크기도 작아졌다. 여러 종류의 스시를 조그맣게 만들어 한 코스로 나온다.

지역마다 전통 스시가 있지만 맛과 조리법은 다르다. 도쿄의 에도마에 스시는 대부분 밥이 따뜻하다. 생선의 종류에 따라 밥의 온도를 바꾸기도 한다.

에도마에 스시는 생선을 식초와 소금에 절여서 숙성시킨다. 관서 지방의 스시는 아침에 잡힌 신선한 생선을 당일에 손님에게 내는 것을 최우선으로 여긴다.

전어와 바닷장어는 도쿄만에서 잡히는 대표 생선이다. 시장 상인들의 말에 의하면 그동안 많이 잡아서 지금은 안 잡힌다고 한다.

제철 생선의 기준은 기름기가 많을 때다. 생선은 알을 품기 전에 영양분을 축적하려고 먹이 활동을 활발히 한다. 그때 생선의 기름기가 최고조에 이른다. 가장 맛있을 때다.

햄버거처럼 한 끼를 급히 때우는 식사였던 스시가 지금은 예약을 하고 코스를 즐기는 식사가 되었다. 스시를 먹으러 오는 손님들이 그 시간과 공간을 충분히 만끽하고 누렸으면 좋겠다.

먹는 취미

"남이 해 준 밥이 제일 맛있어."

어머니들이 하는 자주 하는 말이다. 나도 남이 만든 스시가 맛있다. 일의 책임감에서 벗어나 홀가분한 기분으로 맛과 분위기를 느끼며 먹기만 하니 좋다.

남이 만든 스시가 맛있는 결정적인 이유가 있다. 내가 만든 스시는 순수하게 못 먹는다. 단순한 먹기가 아니라 맛을 평가하는 맛보기가 된다. 간장이 더 들어갔어야 했나, 소금이 나을까 곱씹어서 생각한다. 직원이 만든 스시가 오히려 맛있다.

쉬는 날에 스시를 먹으러 다니는 게 행복하다. 모든 스시 집에 가보고 싶을 정도로 스시를 좋아한다. 돈만 많으면 스시를 무한정 먹고 싶다. 먹는 취미로 다양한 스시 집을 찾아간다.

도쿄의 스시에는 많은 장르가 있다. 에도마에 스시처럼 정통 스시가 있는가 하면 퓨전 스시도 많다. 축구에도 꼭 11명이 하지 않는 축구 경기가 있다. 보는 기준에 따라 차이는 있지만 축구가 아니라고 말할 수는 없다. 마찬가지로 정통 스시에 변화를 준 스시도 스시의 한 종류다.

어떤 사람들은 스시를 더 잘 만들려고 다른 스시 집에 가서 먹는 게 아니냐고 묻는다. 전혀 그렇지 않다. 스시가 정말 맛있어서다. 스시 맛을 분석하거나 단점을 찾지 않는다. 셰프와 이야기를 나누고 농담도 하면서 편하게 먹는다.

스시가 좋아서 예약하고 먹으러 간다. 먹어 보고 그 가게에서 좋았던 점은 한 가지씩 기억해서 온다.

가다랑어가 맛있었으면 다음날 가다랑어 스시를 똑같이 해 보고, 화장실 방향제 향이 좋게 느껴졌으면 우리 가게 화장실의 방향제도 바꿔 본다. 꽃병 색깔이 예쁘게 보였으면 우리 가게에도 같은 색을 골라서 놓는다.

최근에 갔던 스시 식당은 이탈리아에서 요리를 배운 셰프가 운영하는 곳이었다. 스시 위에 올리브 오일을 바르는 것이 색달랐다. 이탈리아에서 가져온 올리브 오일의 종류가 20가지가 넘었다. 소금의 종류도 20가지 이상이었다.

스시의 맛과 어울리는 와인을 소믈리에가 추천했다. 올리브 오일을 곁들인 스시와 와인의 조합이 좋아서 맛있게 먹었다.

추구하는 맛과 스타일은 다르지만 생각의 유연함을 경험했다.

내가 쥐는 스시에 올리브 오일을 바를 수는 없지만 '스시는 꼭 이래야 한다'는 틀을 깼다.

매번 가게가 똑같으면 영업을 오래 할 수 없다. 큰 틀을 유지하되 디테일로 승부를 본다.

요리사는 손님의 기대감을 채워 주어야 한다. 손님의 기대감은 오늘 저녁 메뉴가 궁금해서 엄마에게 묻는 아이의 마음과 같다. 하던 방식대로 안주하면 안 된다. 고인 물이 되지 말자고 다짐한다.

손님들에게 오는 재미를 주고 싶다. '이번에는 새로운 게 뭐가 있을까?' 하는 마음으로 왔다가 기분 좋게 돌아가면 된다.

한 가지 일을 계속하면 생각이 단조로워지고 경직되기 쉽다. 새로운 스시를 먹으면 안목이 넓어지고 배우는 게 많다.

남이 만든 스시를 먹는 것, 소소하고 확실한 행복이다. 현장에서 느낀 점을 적용해 보면 뿌듯해진다. 편하게 먹으러 간다고 생각했는데 일로 가는 모양새다.

먹는 취미는 즐겁다. 마음이 열리고 보는 시야가 넓어진다. 음식을 좋아하는 사람은 삶을 부정적으로 살 수 없다고 한다.

때로는 맛에 대한 애착과 호기심이 현실을 이기는 무기가 된다.

스시의 밥 양은 줄이지 않기

한류 스타가 TV에 나와서 '샤리 코마シャリコマ'라고 말하는 것을 봤다. 밥 양을 줄여서 스시를 작게 만들어 달라는 표현이다. 스시를 쥐는 사람 입장에서는 제일 당황스러운 말이다. 와사비 양을 줄여 달라고 하면 얼마든지 맞춰 줄 수 있지만 밥은 다르다.

어린이들은 입이 작아서 스시를 별도로 작게 만들어 준다. 성인이 다이어트를 한다는 이유로 혹은 많이 못 먹는다는 이유로 밥 양을 적게 넣어 달라고 하면 난감하다.

네타의 종류에 따라 밥 양을 조절해서 준비했는데 밥 양을 다르게 하면 모든 균형이 깨진다. 맛이 달라진다.

오마카세에서 밥 양은 타이쇼에게 맡기고 즐기는 게 좋다. 타이쇼의 사사로운 고집이나 귀찮고 번거로워서가 아니다. 손님에게 가장 맛있는 스시를 내려는 타이쇼의 마음이다. 그것이 타이쇼가 지켜야 할 가치다.

밥의 양은 모든 균형을 고려해서 정한 타이쇼의 자존심이다. 밥의 온도, 굳기, 밥과 생선을 같이 먹었을 때 입안에서 사라지는 정도 등 모든 것을 연구하고 고려하여 균형을 맞춘 타이쇼의 최상의 작품이다. 밥의 양을 줄이면 이 밸런스가 무너진다. 타이쇼의 진가를 온전히 느낄 수 없다.

밥 양을 적게 달라고 말하는 손님에게 이렇게 말한다.

"저희 식당은 밥 양이 많은 편이 아닙니다. 한번 드셔 보시고 말씀해 주세요."

타이쇼가 정성껏 준비한 스시를 먹어 보기도 전에 밥 양을 줄여 달라고 말하지 말자. 스시 한 점을 먹고 말해도 늦지 않다.

오랜 수행 기간을 거쳐 맛과 식감의 황금 밸런스를 찾기 위해 노력한 전문가의 결과물을 경험해 보는 기회다. 먹어 보기 전에 그 기회를 버리는 건 안타까운 일이다.

실제로 식사 양이 적은 손님의 요구를 들어주는 방법이 있다. 한 끼 식사 양인 14개 스시를 모두 내지 않고 10개 정도로 맞춘다. 스시의 개수를 줄이는 대신 10개의 스시 메뉴를 최상의 퀄리티로 구성한다. 오마카세가 맞춤 요리라 가능하다.

양이 적은 손님에게 다른 메뉴를 주는 것을 보고 옆자리의 손님이 "저는 이거 안 주셨는데요?"라고 묻는 경우도 있다.

"이 분은 스시를 10개밖에 못 드셔서 메뉴에 차이를 두었습니다"라고 말한다.

스시를 몇 개를 먹든 타이쇼가 준비한 최상의 작품을 손님의 이상적인 컨디션으로 즐기는 것이 중요하다. 가능한 한 스시를 가장 맛있게 먹기를 바란다. 배가 부르면 억지로 먹지 말고 그만 먹는 게 좋다.

오마카세에서 스시를 먹을 때는 먹는 양과 식성을 타이쇼에게 구체적이고 명확하게 표현하는 게 좋다. 타이쇼가 그에 맞는 메뉴를 구성하는 데 도움이 된다. 그래야 손님의 만족도가 높아진다. 먹는 양이 적다고 미리 알려 주면 아쉽고 서운한 마음 없이 먹을 수 있다. 비용 대비 손해와 불이익을 보지 않고 맛있고 흡족한 식사가 된다.

자신의 상황을 솔직하게 말하는 것은 식당뿐만 아니라 삶의 어느 영역에서도 도움이 된다. 서로 불필요한 오해와 섭섭함이 생기지 않는다.

"많이 못 먹어요. 밥 양을 줄여 주세요"라는 말 대신에 "양이 적어서 많이 못 먹는데 어떻게 먹는 게 좋을까요?"라고 질문을 청하자. 솔직하게 말하면 타이쇼의 도움을 받을 수 있다.

스시를 맛있게 먹는 법

스시의 맛을 결정하는 것은 밸런스다. 생선과 밥, 간장과 소금 등의 비율이 중요하다. 타이쇼는 한 입에 들어가는 밥 양과 네타를 가장 좋은 비율로 맞춰 맛을 낸다. 스시의 맛과 식감에 결정적인 영향을 주는 요소다.

어떤 스시든 최고의 밸런스는 씹어서 목에 넘겼을 때 밥알이 입 안에 2~3알 정도 남은 상태다. 밥과 네타의 비율이 잘 맞으면 씹는 순간 식감이 좋고 일체감을 맛볼 수 있다. 그렇지 않으면 밥과 네타가 겉돈다.

예를 들어 밥 양을 적게 하고 식감이 질긴 오징어를 위에 올려놓으면 밥은 다 먹어서 입 안에 없는데 오징어만 계속 씹게 된다. 반대로 식감이 부드럽고 두께가 얇은 네타에 밥 양을 많이 잡으면 나중엔 밥만 씹게 되니 스시가 아니라 밥을 먹는 느낌이 든다.

이처럼 밥과 네타의 균형은 스시의 맛을 좌우한다. 셰프는 식재료의 양과 두께, 식감과 씹는 속도 등 전반적인 상황을 고려해 스시를 만든다.

스시를 가장 맛있게 먹는 방법은 세 가지다. 타이쇼가 스시를 내줄 때 바로 먹는 것, 자기가 먹을 수 있는 만큼만 먹는 것, 그리고 셰프가 추천하는 대로 즐기는 것이다.

셰프를 신뢰한다면 평소에 선입견으로 먹지 못한 메뉴도 도전해 볼 것을 추천한다. 맛이 없을 것 같았던 음식이 맛있다고 느껴지면 인생의 즐거움이 커질 것이다.

행복 페이

행복 페이가 있다. 행복하려고 쓰는 돈이다. 소소한 금액일 수도 있고 형편을 초월한 액수일 수도 있다. 사람마다 다르다.

커피 한 잔으로 하루를 기분 좋게 시작하는 사람이라면 매일 아침 커피를 사서 마신다. 여행을 가면 스트레스가 풀리고 행복한 사람은 여행에 돈을 쓴다. 행복감을 느끼고 싶어서 돈을 쓴다. 자신의 가치관에 따른 선택이다.

도쿄를 비롯해 요즘 곳곳에 생기는 스시 식당 중에는 1인분에 50만 원, 100만 원을 받는 곳이 있다. 가격을 들으면 메뉴를 궁금해하는 사람들이 많다. 무엇이 나오길래 저렇게 비쌀까 생각한다.

1인분의 음식값이 30만~40만 원 이상인 메뉴부터는 재료로 값이 매겨지는 세계가 아니다. 셰프의 육감 능력치가 음식값으로 정해진다. 그 식당에 가면 무조건 행복해질 수 있다는 신뢰가 생긴 것이다.

손님은 스시 만드는 사람의 매력을 보고 돈을 낸다. 셰프와 대화를 나누면서 스시를 먹으면 행복해진다는 믿음이 있어서다. 셰프에게 좋은 에너지를 받는다. 경험해 본 사람만이 안다.

화려한 미사여구로 대화를 이끈 것도 아니고 내가 아는 생선에 대해서만 말했을 뿐인데 어떤 손님에게 감동했다는 말을 들은 적이 있다. 생선을 썰고 초밥을 짓는 퍼포먼스가 멋있다고 했다.

스시를 먹으러 들어올 때는 비싼 음식값을 지불할 생각에 마음이 무거웠는데 먹다 보니 맛있어서 돈 걱정이 안 들고 스시와 공간을 즐기게 되었다는 것이다.

훌륭한 맛과 친절한 서비스, 안락한 분위기 세 가지의 균형이 잘 맞았다는 뜻이다. 그날 손님은 '열심히 돈 벌어서 또 와야지' 하는 일상의 동기 부여가 되었다고 한다.

모든 요소가 좋으면 계산할 때 느끼는 짜릿한 행복감이 있다. 셰프와 가게가 주는 육감이다. '다시는 오지 말아야지' 하는 마음이 아니라 또 오고 싶은 여운을 주었다는 말에 힘이 난다.

맛있는 스시와 더 나은 접객으로 보답해야겠다고 다짐한다.

나에서 나눔으로

　　통영에서 생선 도매상을 하는 한 청년을 만났다.
그는 아버지가 하던 일을 이어받아서 하고 있었다. 바다에서 잡
힌 생선이 경매장으로 올라오면 생선을 사서 어장에 보관한다.
그러다가 주문이 들어오면 바로바로 생선을 보내준다. 서울에
있는 웬만한 고급 스시 집들이 이 청년의 주 고객이었다.

　나와 나이가 같고 생선을 진심으로 대하는 친구라 말이 잘 통
했다. 대화를 나누며 서로 좋은 영감을 주고받는 사이가 되었다.

　스시를 위한 인생을 사는 것, 맛있는 스시를 만들고 손님을 접
객하기 위해 수련을 하는 과정 등은 모두 좋은 생선을 공급받아
야 가능한 일이다.

　수산업이 발전해야 스시 요리사가 존재할 수 있다. 바다에 젊
은 인재와 자신의 끼를 펼칠 일꾼이 모여야 한다. 각 나라의 어

촌이 북적북적 사람들로 붐비고 더욱 발전하기를 바란다.

일본에서 잡히는 생선의 종류와 특징 등을 공부하며 지식을 쌓았다. 그래도 아직 모든 생선을 다 알지는 못한다.

각 지역마다 잡히는 생선이 다르고 생선의 특징도 제각각이다. 생선을 공부하다 보니 한국에서만 나는 생선을 공부하고 싶다는 생각이 들었다.

서울의 인터컨티넨탈 파르나스 호텔 일식당 하코네 스시 부스에서 2주 동안 '스시야 쇼타 오마카세' 프로모션으로 팝업 행사를 열었다. 지금은 리뉴얼하여 카네사카 한국 지점이 입점해 있다.

팝업 행사 때 우리나라의 매력을 엿보았다. 다양한 생선을 더 공부해야겠다는 의욕이 솟구쳤다.

우리나라 생선으로 만든 스시를 먹으러 일본 사람들이 한국으로 가는 시대가 왔으면 좋겠다는 바람이 생겼다.

지금까지는 꿈과 목표를 이루고 내가 성장하는 삶을 살았다. 이제는 재능을 이웃과 사회에 나누며 성숙한 삶을 살고 싶다. 초심을 잊지 않고 매일 꾸준히 정진해 나갈 것이다.

감사하고 보답하기

　　'감사感謝'라는 한자를 붓글씨로 쓰는 것을 좋아한다. 특별한 목적은 없다. 한 해를 보내고 새해를 맞는 연말연시에 쓰면 마음이 차분해진다.

　　그동안 내가 잘해서 된 것은 아무것도 없다. 하고 싶은 대로 해보라는 부모님의 응원이 있었고 좋은 사람을 만나 도움을 받은 인복이 따랐다. 감사를 빼면 남는 게 없는 삶이다.

　　스시 업계는 내부 기강이 엄격해 선배들에게 꾸지람을 많이 든는다. 이렇게까지 혼날 일인가 싶을 만큼 혹독했다. 돌아보면 감사한 일이다. 선배는 가르치고 나는 배우는 시기였다.

　　삶은 힘듦의 연속이다. 지금 이 문제만 해결되면 괜찮을 것 같지만 새로운 고통은 어김없이 찾아온다. 인생 전체에서 기쁘고 즐거운 때, 뜻대로 일이 술술 풀리는 때는 극히 드물다. 우리는 결과보다 과정 속에 살고 있다. 매 순간 씨름하고 고군분투한다. 그 순간들이 모두 과정이다. 꿈을 누가 빨리 이루느냐보다 과정을 얼마나 좋은 경험으로 남기느냐가 행복한 인생의 척도가 아닐까 싶다.

인생은 단거리 달리기가 아니라 장거리 마라톤이다. 완주하려면 명확한 목표가 필요하다. 목표가 있는 사람과 없는 사람은 체력과 정신력에서 차이가 난다. 목표가 없으면 쉽게 포기한다.

목표를 향하는 긴 과정에서 마음이 지루하고 힘들지 않으려면 감사하는 습관을 가져야 한다. 마음 관리에서 감사는 가장 빠르고 현실적이고 경제적인 문제 해결 방법이다. 돈 들이지 않고 마음의 평안을 얻을 수 있다.

목표를 갖게 해 준『미스터 초밥왕』의 작가 테라사와 선생에게 감사한다. 확고한 목표가 없었다면 중도 이탈자가 되었을 것이다. 단단한 정신력으로 완주할 수 있도록 도와준 선배들과 가족에게 감사한다.

앞에서 끌어 주고 뒤에서 밀어 주는 모든 분들이 없었다면 지금 이 자리에 없었을 것이다.

나의 포부는 후배들에게 올바른 스시의 길을 가르치며 선배와 스승의 은혜에 보답하는 것이다. 스시의 길을 걷고자 꿈꾸는 이들을 돕고 싶다. 경험과 노하우를 나누며 함께 성장하는 이들이 많아졌으면 좋겠다.

새롭게 탄생할 '미스터 초밥왕'을 기대한다.

스시 집에서 지켜야 할 매너

스시는 한 끼 때우는 식사가 아니다. 나름의 예의와 매너를 갖춰 먹어야 하는 요리다. 그것을 제대로 알고 먹으면 더 맛있는 스시를 즐길 수 있다. 스시를 먹을 때 지켜야 할 매너가 무엇인지 알아보자. 단, 예외적인 상황도 있다.

스시 요리사의 호칭을 알아 두자.

카운터에서 스시를 쥐는 요리사와 아는 사이이거나, 자주 가는 단골손님이라면 '타이쇼'라는 호칭을 추천한다. 우리나라 식당에서 편하게 "사장님" 하고 부르는 느낌을 떠올리면 된다.

처음 방문했거나 잘 모르는 사이라면 요리사의 이름을 묻고 이름을 불러도 된다.

우리나라 스시 집에서는 타이쇼를 셰프라고 부르기도 하지만 일본에서는 셰프라는 호칭을 쓰는 것이 흔하지는 않다. 예전보다 쓰는 사람이 늘어나긴 했다.

예약 시간은 최대한 맞추자.

예약 시간은 서로 약속한 시간이다. 너무 빨라도, 너무 늦어도 안 된다. 피치 못할 사정으로 조금 늦는 것은 허용된다. 어느 정도는 가게 입장에서 유연하게 대처할 수 있다. 늦는 시간이 길어질수록 다른 손님에게 실례가 된다는 사실을 기억하자.

향수 사용은 가급적 피하자.

스시는 다른 요리에 비해 향이 자극적이지 않다. 스시를 오감으로 즐기기 위해서는 섬세한 후각이 필요하다. 누군가에게서 향수 향이 풍긴다면 미세하더라도 스시를 즐기는 데 방해가 된다.

카운터에서 스시를 제공하는 스시 집은 공간이 협소한 경우가 대부분이다. 스시는 좁은 공간에서 다른 손님과 함께 오감을 느끼며 먹는 음식인 만큼 타인에 대한 배려가 중요하다.

담배는 2~3시간만 참자.

향수를 사용하지 말아야 하는 것과 같은 이유다. 흡연자라면 스시를 먹는 동안만은 금연하자.

'이타자라'는 건드리지 말자.

이타자라いたざら는 손님 앞에 놓인 평평하고 큰 접시다. 타이쇼가 완성된 스시를 손님에게 내는 접시를 말한다. 이타자라의 모양과 형태는 스시 집마다 다르다.

가끔 어떤 손님은 그 접시를 들어 이리저리 살피고 놓인 위치를 바꾸려고 한다. 스시 요리사를 겁먹게 하는 행동이다. 그 이유 중 하나는 대부분의 이타자라가 세상에서 유일무이한 접시이기 때문이다.

이타자라용 접시는 가격대가 최소 10만 원에서 최대 3천만 원까지 다양하다. 그중에는 돈으로 값을 매길 수 없는 이타자라가 있다. 세트로 구비하여 한 개가 깨지면 나머지 그릇을 다 쓸 수 없는 이타자라도 있다.

스시 식당에서 내놓는 접시 중에는 인간문화재의 작품들이 수두룩하다. 접시끼리 포개지도 말고 되도록 건드리지 않는 것이 서로 난감한 상황을 피하는 길이다.

이타마에 공간에 들어가지 말자.

스시 집에는 세 종류의 공간이 있다. 첫 번째는 손님이 스시를 즐기는 스시 카운터 공간이다. 두 번째는 타이쇼가 손님에게 스시를 내는 이타자라 공간이다. 세 번째는 스시 요리사가 요리를 하는 이타마에 공간이다.

스시 집 특성상 손님과 이타마에의 공간은 매우 가깝다. 그러다 보니 손님의 손이 이타마에 공간으로 불쑥 들어오면 요리사들은 긴장하지 않을 수 없다. 이타마에 공간에는 민감한 식재료와 칼, 조리 도구들이 있어서다. 손님이 같이 사진을 찍자고 요구하면 거절하지는 않지만 손님의 공간으로 가서 찍는다. 이타마에 공간은 요리사만의 공간이다.

술도 오마카세다.

손님이 자기가 원하는 술을 음식점에 가져와서 마시는 콜키지 corkage는 자제하는 게 좋다. 한국의 스시 오마카세에서는 콜키지가 많다고 들었다. 반면 일본에서는 스시 식당뿐만 아니라 다른 가게에서도 콜키지를 찾아보기 힘들다.

스시 오마카세는 그날그날 제공되는 생선의 맛과 어울리는 술을 준비하거나 계절에 맞추어 술을 낸다. 자신의 기호에 따른 콜키지가 나쁘다는 것은 아니다. 술도 타이쇼의 예술에 곁들여진 작품에 포함된다는 생각으로 가게에서 준비한 오마카세 술을 즐겨 보는 것은 어떨까.

칭찬은 요리사를 춤추게 한다.

칭찬이 아니어도 좋다. 맛에 대한 표현은 요리사를 성장시키는 큰 힘이 된다. 일본인들의 맛에 대한 표현은 다양하다. "제가 아직 살아 있어서 다행입니다." "타이쇼 미쳤습니다. 세 달 기다린 보람이 있습니다." "소문을 듣고 왔는데 기대 이상입니다." 맛있다면 바로 그 순간에 간단하게라도 표현을 하는 게 좋다.

기분이 좋아진 타이쇼가 스시 몇 점을 더 내어 줄 수도 있다.

예외 상황

손님이 스시를 안주 위주로 먹기 원하면 맞춰서 낸다.

먹는 속도가 상대적으로 느린 손님은 요리사가 손님이 먹는 속도에 맞춰서 스시를 낸다.

손님이 도착하는 시간이 늦어지면 어느 정도까지는 요리사가 음식을 내는 속도를 조절할 수 있다. 손님이 코스가 끝나기 전까지 충분히 즐길 수 있도록 배려한다. 하지만 도착 시간이 많이 늦어지면 요리사가 준비한 코스를 마음껏 즐기지 못할 수도 있다.

현실과 이상을 완벽히 맞추는 일은 어렵다. 스시에 대한 이상과 현장의 현실을 넘나들며 유연하게 대처하는 것이 나의 숙제다.